XABI MOLIA

LA VIE OU PRESQUE

roman

ÉDITIONS DU SEUIL
*57, rue Gaston-Tessier, Paris XIXe*

Xabi Molia est représenté par l'Agence Trames.

ISBN 978-2-02-157511-8

www.seuil.com

Aux imparfaits

1. Paul

La vie de Paul Marcillac fut d'abord marquée par la colère. Les premiers mois, des maux de ventre l'irritaient, il pleurait longtemps et ne souriait pas. À la crèche, on signala un garçon qui mordait. Ses fureurs persistantes épouvantaient ses camarades. Sur les quelques photos de cette époque, Paul affiche un air rugueux et un œil noir.

Au commencement, beaucoup d'enfants sont farouches, répétaient son père et sa mère, des esprits tranquilles qui croyaient aux pouvoirs civilisateurs de l'école. Mais celle-ci n'arrangea rien : chaque jour il se battait. Un peu après ses huit ans, une chaise qu'il avait jetée pulvérisa tous les carreaux d'une fenêtre. Devant ses parents, la directrice pointa des emportements sans objet, l'absence notable d'amis et une nature probablement vicieuse. Ce dernier mot heurta le père de Paul. Puis, comme elle exigeait un suivi, il la traita de bolchevique.

Les parents de Paul sont encore jeunes, insouciants et joyeux. La rage de leur second fils les sidère parfois, ce qu'ils se reprochent aussitôt. On doit se féliciter si ce garçon a du tempérament, il en faudra pour réussir sa vie.

Quand ses crises deviennent des labyrinthes et qu'il ne peut plus en sortir, sa mère l'expédie dans les bois derrière le lotissement. Là, l'enfant fracasse des branches contre des troncs d'arbre, s'enroue à force de rugir et lance des cailloux sur des écureuils affolés. Enfin sa colère s'épuise. Même si la forêt lui fait peur quelquefois, il aime son voile de mystère, les cris isolés des oiseaux, leur vie insaisissable.

L'été de ses neuf ans, il réclame d'y dormir. Le quartier est calme, la fin des années 80 aussi, permission est donnée à Paul d'établir son campement près d'un ruisseau. On ne le voit qu'une fois par jour, quand, couvert de terre, ses cheveux bruns collés par la sueur, il toque à la porte de la cuisine pour se ravitailler. Le reste du temps, il grimpe aux arbres ou rampe comme un Indien sous les fougères. Un chien errant se prend d'affection pour lui. Allongé sous sa tente, il dévore des romans de Jules Verne, essaie déjà Zola et réjouit ses parents, pour qui lire de son plein gré est une marque de noblesse.

À onze ans, comme il lui arrive encore de se rouler par terre et de pousser des cris perçants, on se résout à essayer les psychologues. Rien de grave, assure l'un d'eux, mais ces accès de colère aveugle demandent à être déchiffrés. Plusieurs semaines passent, le coffre-fort de l'enfant résiste puis finit par céder : le problème de Paul, c'est sans doute son frère.

Simon, l'aîné, est grand, doux, ouvert et facile. Deux ans les séparent. Paul l'aime et l'admire, mais Paul est écrasé. Il se compare, on le compare et il se déprécie.

Trop simple, estime son père, qui ne veut pas de ce genre d'ennui sous son toit. Cependant Paul, interrogé, confirme sa difficulté à être le cadet d'un garçon à ce point réussi. Alors les parents prennent des mesures : les frères emprunteront des chemins différents. Simon joue de la guitare, Paul s'assoira au piano. Simon est premier en tout au collège public, Paul récoltera de bonnes notes à Saint-Bernard. Simon empile les buts avec l'Aviron bayonnais, Paul s'initiera au tennis.

Malgré son petit gabarit, il frappe fort dans la balle et aime les victoires. Ses réserves de hargne ont décidé pour lui de son registre, il est un combattant de fond de court, sec et mobile, jamais vaincu. Lorsqu'on lui prend un set, il lance des regards féroces. Sa vaillance le hisse dans plusieurs finales, qu'il perd chaque fois de peu. Il détruit trois raquettes en trois ans, mais entraîneurs, parents et professeurs en conviennent : l'adolescent va mieux, le tennis siphonne sa rage.

Le premier poème que Paul achève est pour dire son plaisir à être sur le court et à lifter la balle. Il a maintenant des amis et des histoires avec des filles. Pour l'une d'elles, il rédige un recueil de huit sonnets inspirés de William Sheller.

Il veut écrire. À treize ans, c'est son unique certitude. Un jour, il est frappé dans un roman de Zola par les mots « luxe violent », qu'il glisse bientôt dans une phrase de sa composition :

Juste après la pluie, la forêt lui paraissait toujours plus belle et d'un luxe violent.

Il chérit sa trouvaille. Ces deux mots font tout apparaître de ce qu'il aime dans ces bois où, durant les vacances, il passe le plus clair de son temps, braillard, fiévreux, assailli de parfums et de couleurs puissantes.

Des débuts de récits lui viennent, des personnages, des lieux. Il écrit quatre ou cinq nouvelles, que sa prof de français relit. Elle lui conseille de supprimer des adjectifs mais l'encourage, il est doué. Ses parents aussi le lui disent. En 1995, il a seize ans, un concours national de nouvelles lui fixe une échéance. Pendant un mois, il travaille sur une histoire de marins dont le chalutier s'est égaré dans une brume aux ombres bleues. Plus le récit progresse, plus la mémoire des passagers s'estompe. À la dernière page, ils ne savent plus qui ils sont, l'usage de la parole leur a été ôté, leur bateau continue d'avancer vers un phare isolé au beau milieu de l'océan.

Paul a lu quelque part que les vrais écrivains sont ceux qui aiment réécrire. Maintenant, il regarde avec fierté les ratures sur ses brouillons, on dirait des certificats. Il a tant travaillé qu'en relisant sa version finale il éprouve pour chaque phrase un sentiment de camaraderie.

La nouvelle est envoyée par la poste, il faut attendre trois mois, Paul est nerveux. La colère revient par bouffées, des migraines le prennent, puis une lettre surgit : il a remporté le troisième prix. Le lauréat du concours, c'est son frère.

À l'heure du dîner, l'aîné pleure, accablé de remords. Oui, avoue Simon, il écrit. Au lycée, il a vu lui aussi une affiche annonçant le concours. Des amis l'ont encouragé à y participer. Le lycéen a imaginé la fugue d'un garçon et de sa sœur en pleine Révolution française, le jour où la foule entre aux Tuileries. C'est le tumulte de l'Histoire mais à hauteur d'enfants, opaque et insensé. À la fin, l'un d'eux meurt d'une balle perdue. Simon le répète, il n'aurait pas dû s'inscrire.

Ce soir-là, Paul est trop abattu pour se mettre en colère. Des maux de tête le terrassent. Le lendemain, du fond de son lit, il demande à lire la nouvelle de Simon. Bien qu'elle puisse aujourd'hui sembler trop sage, elle fait forte impression sur le cadet. Le style est énergique, les personnages s'épaississent à travers des notations qui ont l'air vraies. Il se répandait moins, dira Paul de son aîné, bien des années après. Simon, lui, répète à son frère que sa nouvelle est plus originale que la sienne. Alors toute jalousie disparaît, et une période de grande amitié s'ouvre pour eux, dont Paul se souviendra dans *Autres Loups*, son autobiographie.

Ils lisent l'un après l'autre ce qui leur tombe sous la main, vénèrent d'une même voix Barjavel, Asimov, Alexandre Jardin, Robert Merle, David Eddings, Le Clézio, Camus par-dessus tout, et plus tard s'imaginent les réponses qu'ils feront sur le plateau d'une grande émission littéraire. Ils seront écrivains tous les deux. Paul raconte à Simon ses premières histoires d'amour, les endroits inconnus où ses mains s'aventurent, Simon confie à son frère qu'il lui est arrivé d'embrasser des garçons. À l'été 1995, avant le départ de l'aîné pour Paris, les frères Marcillac se saoulent autour d'un feu de camp allumé sur la plage et se font des serments : ils s'aideront à devenir les meilleurs écrivains de France ; ils se liront l'un l'autre avec sincérité, même si ce doit être cruel ; ils refuseront le Goncourt en particulier et les breloques en général ; ils ne désireront jamais les mêmes femmes, et ils seront heureux.

2. Idoya

Adolescente, Idoya Bosz-Vidal aimait faire croire qu'elle s'appelait Ophélie, Victoria, Anouk ou Hildegarde. Elle rêvait d'une vie plus grande et s'inventait, en l'attendant, des souvenirs de pays lointains, des amitiés parisiennes et des amoureux plus âgés, au torse velu, au sexe énorme. Elle habitait avec son père, de l'autre côté des bois, dans une demeure mal chauffée que les habitants du quartier appelaient *le manoir*. Elle racontait que sa mère avait disparu dans un accident de montagne, mais ce n'était pas vrai : elle refaisait sa vie auprès d'un architecte, à Briançon. Le père d'Idoya avait menacé de se tuer si on lui enlevait sa fille. Par pitié, sa femme était partie seule. Le temps avait fini d'éloigner Idoya et sa mère ; elle ne voulait plus la voir.

La première fois que Paul Marcillac aperçut Idoya, perchée dans un arbre en face du sien, il crut voir un vieil homme. Maigre et le teint brouillé, l'adolescente devait porter ce jour-là un costume croisé comme on en promenait encore à Buenos Aires au milieu des années 60. Les authentiques écrivains, soutenait Idoya, montraient de la splendeur en toute chose ; ils avaient des manières et toujours de l'allure. Elle s'évertuait donc, malgré ses moyens limités, à vivre dans une intraitable élégance. Carlos Vidal, par chance, avait été un aspirant dandy avant de quitter l'Argentine, et sa fille, à quinze ans, faisait déjà la même taille que lui. Sortis d'une armoire, trois vieux costumes, une paire de mocassins bordeaux et un chapeau mou satisfaisaient les ambitions stylistiques d'Idoya. Elle était bien la seule. Partout où elle apparaissait, son air de jeune gangster décrépit lui attirait au mieux des haussements de sourcils. Au lycée, elle passait pour une lesbienne, ailleurs pour une snob. Elle assurait Paul et Simon qu'elle s'en foutait. Bientôt, elle partirait.

Les deux frères ont beau la trouver louche et mal habillée, cette voisine leur semble éblouissante. Elle a lu bien plus de livres qu'eux et ses avis sont d'une sévérité fantastique. D'après elle, Albert Camus pérore, et de Sartre elle ne sauverait que le début des *Mots*. Elle aime outrer ses jugements : le Nouveau Roman l'emmerde, Le Clézio est un curé, Philippe Sollers un con. Elle recommande de lire sur-le-champ Georges Perec, Dan Simmons, Roberto Arlt et Joseph Roth. En musique, elle révère des formations de Detroit et Kingston, écoute Grateful Dead sur la platine de son père et reprend Thelonious Monk au piano. Au chapitre du football, enfin, elle ne jure que par Liverpool et l'Atlético. Sauf pour les vêtements, ses goûts sont fabuleux, jugent les frères Marcillac.

Comme on devient amis, Idoya prend place dans la rêverie commune d'un avenir à Paris, sur les tables des librairies, en couverture de *Télérama*. Tous trois sont convaincus que la littérature a des pouvoirs considérables. On pourra grâce à elle échapper aux vies réglées d'avance, résister aux assauts de l'ennui et peut-être même aimer davantage le monde. Idoya estime qu'ils devraient sans tarder fonder une revue ou rédiger un manifeste ou rendre public un registre des auteurs paresseux qui profanent leur foi. Ils inscrivent ces projets dans la liste de tout ce qu'ils entreprendront un jour, ensemble.

Ils se retrouvent le plus souvent derrière chez eux, dans les bois, où Idoya fuit les mélancolies de son père, dont elle soutient un certain temps qu'il est un ex-espion cubain et fut l'amant d'une sœur de Che Guevara. Le véritable Carlos Vidal, musicien de Buenos Aires exilé depuis le coup d'État, vivote en donnant des cours de guitare dans les bonnes familles de Biarritz. Il boit trop, dort beaucoup et adore sa fille, qu'il regarde comme une *rompebolas* et un prodige.

Idoya excelle à l'école, même si elle diminue ses mérites. On aurait dû le préciser plus tôt : ses exigences sont élevées, elle prononce des jugements de vandale, mais reste obstinément modeste et se trouve médiocre en tout.

Cette fille assez moche
Au rêve inassouvi
Voulut dribbler la vie
Mais avait deux pieds gauches

C'est l'épitaphe qu'elle rédige à quinze ans, un soir où elle projette d'en finir (l'année de ses dix-sept ans, elle ira jusqu'à faire deux tentatives de suicide).

Ce qu'elle écrit n'est jamais digne d'être lu. Si certains écrivains sont des curés, elle, Idoya Bosz-Vidal, ne vaut pas mieux qu'un enfant de chœur : elle se reproche ses gentillesses et son penchant pour les effets qui font des bruits de grandes orgues. Devant leur insistance, elle abandonne un soir aux frères Marcillac les trois premières pages d'un roman qu'elle n'est pas sûre de poursuivre. Un convoi de prisonniers descend une route de montagne ; au-dessus d'eux, le ciel est à l'orage ; la ville où ils vont être exécutés tremble sur l'horizon. Paul et Simon blêmissent, la description est somptueuse. Près du feu de camp qu'ils ont allumé sur la plage, leur jeune consœur paraît touchée par ces éloges. Elle voudrait tant y croire.

Déjà, elle rêve au livre parfait, celui qui dira tout de la vie ou presque. Cependant elle ignore quelle forme il faudra lui donner. Doit-il être ample ou bref, embrasser les siècles, parcourir les continents, ou sonder au contraire un infime fragment du monde et faire de lui un monde, sidérer par sa rigueur et sa sobriété, briller d'une inventivité inépuisable, elle ne sait pas le dire. Mais elle voudrait que chaque phrase soit une œuvre, chaque page un triomphe, et que chaque détail, même le plus négligeable, y tienne lieu de rouage, que tout s'ajuste comme dans le mécanisme d'une boîte à musique. Sans doute quelques-uns, avant elle, ont-ils poursuivi le même idéal. Lisant *Les Choses*, Idoya sent que Georges Perec s'est approché de ce livre rêvé. Elle y revient si souvent qu'elle peut en réciter des paragraphes entiers. Bientôt, plusieurs passages lui paraissent quand même un peu trop sentencieux. Elle ose parfois les rayer (« ~~Certains~~

~~bonheurs de vivre, furtifs, évanescents, illuminaient leurs journées.~~ ») ; elle trouve le roman meilleur.

Lorsqu'elle ne songe pas au grand livre qu'elle écrira si elle en a la force et le talent, Idoya, inspirée par les Marcillac, s'efforce maintenant d'être une adolescente comme une autre. Elle regarde les séries américaines de La Cinq, fume ses premières cigarettes, écoute Skyrock tard le soir, tombe amoureuse, tente d'être aimée.

Sur les conseils de Paul, elle quitte les costumes de son père, fait des accrocs dans ses jeans et enfile elle aussi des chemises trop grandes à carreaux rouges et noirs. Simon, invité partout, l'introduit dans des garages sombres où l'on danse et s'embrasse. Elle se jette sur la piste de manière enthousiaste, mais ses chorégraphies désarticulées font le vide autour d'elle. Dans les conversations avec les garçons de son âge, elle reste ahurie devant leurs effluves de jeunes mâles et se découvre, elle, navrante de timidité. Pour contourner ce handicap, elle improvise des imitations de Jacques Chirac ou des exposés harassants sur les différents mouvements marxistes en Amérique du Sud. Les échecs se succèdent. Un dimanche matin, le père d'Idoya téléphone aux frères Marcillac : sa fille cherche une corde pour se pendre. Les frères accourent. On boit du thé rallongé de whisky près de la grande cheminée. Le désespoir passe.

L'année du bac, enfin, un garçon se prend de passion pour elle. Il s'appelle Jean-François Bordaberri. C'est un joueur de hockey, grand, le dos un peu voûté, avec des yeux tranquilles dans un visage aigu. Il lit des romans policiers, se trouve trop sérieux et aime qu'Idoya soit originale, toutes les autres filles se ressemblent. Ils marchent en se serrant très fort la main sur les plages d'Anglet, en hiver, quand le soir tombe. Jean-François copie pour elle, sur des cassettes, les derniers albums de Sting et des Smashing Pumpkins. Idoya lui dédicace des poèmes hermétiques, aujourd'hui perdus. Il enlève son T-shirt et elle caresse un torse ferme, à la peau satinée. Les aréoles de ses seins sont très sombres, presque noires. Idoya le trouve si beau qu'elle ne peut plus parler. Après l'été, elle va partir étudier à Paris avec Simon tandis que Jean-François rejoindra la fac de Pau. Cette séparation prochaine les suffoque parfois, mais dans cet air qui leur manque tout semble purifié. Ils économisent pour des billets de train qui les réuniront deux week-ends par mois. En juillet, le bac en poche, ils passent quelques jours à Montpellier où la grande sœur de Jean-François leur laisse son appartement. Ils descendent les stores, se déshabillent l'un l'autre avec cérémonie et font l'amour pour la première fois. C'est approximatif, note Idoya dans son journal, mais agréable, aussi.

3. Simon

Avant d'être écrivain, cuisinier à Mexico, réceptionniste en Suisse, soldat dans les milices kurdes, icône révolutionnaire et pour finir cambrioleur, Simon Marcillac fut un enfant céleste.

À deux ans, il se fait remarquer par un tempérament singulièrement aimable. Il pleure peu et la gaieté habite son visage à la peau pâle, aux grands yeux gris. À l'école, il laisse le souvenir d'un élève très vif. Quelques années plus tard, son endurance et sa coordination le distinguent sur les terrains de hand puis de football. Il n'aime rien tant que délivrer la dernière passe avant le tir décisif. Le FC Nantes et Monaco prennent des renseignements sur lui. À onze ans, en 1988, il remporte un concours régional de jongles et se voit décerner, la même semaine, le premier prix du Jeune Peintre, catégorie 8-12 ans. Le tableau, un portrait de son frère Paul, est exécuté avec une brusquerie de trait et des audaces chromatiques à la Gauguin (les oreilles flambent, l'ombre du bras nu est verte).

Simon reçoit son prix sur une estrade de l'Académie des beaux-arts, à Paris. La famille en profite pour prendre le bateau-mouche, visiter la Sainte-Chapelle et longer les vitrines de la Samaritaine. Pendant tout le séjour, Simon a la gorge nouée. La capitale l'exalte et l'intimide. Au milieu de la foule, il se sent provincial.

Au retour, *Sud-Ouest* fait son portrait, le maire de Bayonne le convie à l'hôtel de ville, on le reconnaît dans la rue. Pourtant, ce début de gloire ne prend jamais la modestie de Simon en défaut. Ses entraîneurs, ses profs et même ses parents osent formuler de grands rêves pour lui ; il reste placide et souriant.

Les colères de Paul l'effraient parfois, mais Simon comprend le premier qu'il fait de l'ombre à son cadet. Alors il tait ses bonnes notes dans la voiture après les cours. Quand la famille vient le voir jouer le dimanche matin, il lui arrive de plaquer ses mains sur les hanches pour se donner un air de fatigue. Il ne tire plus les penalties et cesse de fréquenter les cours de peinture, ce qui met fin à l'exposition continue de ses œuvres dans les couloirs de la maison.

La lecture le prend au cours d'une grippe bienheureuse. Alité, il plonge dans des livres d'histoire antique. Germanicus est son héros, Tibère lui paraît sous-estimé. Puis, suivant l'exemple de son frère, il pioche sur les étagères parentales des volumes de Dumas, de Verne, de Conrad, il aime les romans très courts et les romans très longs. Un jour, il ouvre *Du côté de chez Swann*. Les phrases s'enchevêtrent, il doit sans cesse s'y reprendre et tout l'irrite, les plaintes du narrateur, son art de ne rien faire et cette époque à laquelle il ne comprend rien – l'impression, enfin, de tenir entre ses mains un bouquet de fleurs fanées. Mais Simon persévère.

Deux cents pages plus loin, c'est comme s'il avait appris les rudiments d'une langue nouvelle, qu'il commence à aimer. Sa mère lui achète le tome suivant et il l'entame dès qu'on le lui apporte et il respire son odeur et elle est la promesse d'un bonheur qui pourrait durer. Les soirs d'après, il ne peut plus éteindre sa lampe de chevet, il voudrait lire et lire encore. Proust devient un deuxième monde, posé sur le premier à la manière d'un calque de couleur. Simon croit reconnaître, dans les fréquentations de ses parents, des Brichot, des marquis de Norpois et des Madame Verdurin. Il remarque les mots que ses amis préfèrent, leurs expressions qui reviennent comme des vagues dans la conversation. Sur le visage de sa mère, il aperçoit de plus en plus souvent les traits de sa grand-mère disparue.

Devenu proustien, il tente à son tour de composer des phrases en forme de dédales. Le résultat lui fait penser à des tuyaux de plomberie aux soudures voyantes. Revenu à un style plus simple, il ébauche de grands romans aventureux qui prennent au bout de quelques pages un ton de désespoir. Ses personnages sont tristes et veulent fréquemment mourir. Un couple d'adolescents saute d'une falaise normande en se tenant la main. Effrayé, Simon rature ce saut de l'ange et les embarque sur un ferry en direction de l'Angleterre, où ils seront heureux.

Il aime s'apercevoir courbé sur l'étroit cercle de lumière que sa lampe de chevet dessine dans l'obscurité de sa chambre, son stylo préféré glissant sur un papier spécial, une tasse de café instantané fumant tout près de lui. Avec ses économies, il s'est acheté une machine à écrire, le modèle aperçu dans un reportage sur un auteur américain dont il a oublié le nom. Il joue un peu à l'écrivain, mais dans ce rôle il se sent bien. Il s'imagine plus tard, grand auteur lu dans le monde entier, correspondant régulier des Günter Grass et Paul Auster du futur, penché en pleine nuit sur une table similaire, la radio jouant tout bas un air de jazz inoffensif, occupé à retoucher les phrases de son prochain roman cependant que ses enfants et son épouse dorment, ignorant tout, les bienheureux, de cet humble et patient labeur dont il veut s'exagérer les peines afin que son avenir ressemble à une vie de saint.

Son ami Gaëtan ne pense jamais à plus tard. L'été, ils se retrouvent à l'aube pour surfer les vagues d'Anglet ou de Tarnos. Avec trois amis du lycée, ils fondent un éphémère groupe de rock, Les Tourments. Simon chante les textes qu'il compose, influencés par Noir Désir. Gaëtan l'emmène dans les soirées d'une grande sœur qui a déjà vingt ans. Il apprend à boire et à conduire des voitures, la nuit, sur des routes désertes. Il a peur mais il sait qu'il n'arrivera rien, à son âge on est immortel. Il fait l'amour avec une fille dans une bergerie glaciale, sous plusieurs couvertures, leurs nez sont rouges. Une autre s'étend sur lui à l'écart d'un feu de camp allumé sur la plage ; il ne connaît pas son prénom. Et puis une nuit, près d'un de ces feux clandestins, c'est un garçon aux cheveux mi-longs qu'il embrasse et caresse.

Il n'en parle à personne et tombe spectaculairement malade. Il ne peut plus bouger. Un médecin, ami de la famille, diagnostique un mal-être ou une carence en fer. Simon choisit la carence. Il se relève, décidé à ne rien dire. Il a grandi dans une ville où les garçons aiment seulement des filles, personne autour de lui n'est homo sauf un cousin coiffeur qu'on ne voit plus jamais. Sa honte lui donne la mine terreuse. Heureusement, le garçon aux cheveux mi-longs est pensionnaire à Bordeaux, la rentrée le soustrait du paysage. Une longue lettre qu'il envoie à Simon est laissée sans réponse. Peu à peu, le souvenir de ce baiser prend la consistance des gestes accomplis dans les rêves. L'été suivant, un de ces étés délicieux et interminables, il fait l'amour avec un jeune homme de trois ans son aîné, dans un camping des Landes. Simon entre dans la cathédrale de Bayonne et implore Jésus de lui venir en aide. Quelques semaines plus tard, en terminale, il s'éprend d'une Élodie, il n'y a plus qu'elle au monde et il se sent sauvé.

Cette année-là, il accumule les succès. Premier prix d'un concours national de nouvelles, il boit un café avec l'un des membres du jury, Hubert Mingarelli, de passage à Bayonne pour la promotion de son dernier livre. L'écrivain l'écoute parler de ses projets, puis l'encourage à s'essayer sans attendre au roman. Dans la troupe du lycée, Simon joue Rodrigue tandis qu'Élodie est Chimène, ils étincellent. Capitaine de l'équipe de foot, il soulève la coupe des champions de France scolaires. Au bac, ses notes sont exceptionnelles. Il a décidé qu'il enseignerait un jour à l'université pour ne pas avoir à galvauder sa plume. Il écrira tôt le matin et tard le soir.

À la rentrée, ses parents lui loueront un studio près d'Henri-IV, où Idoya et lui ont été acceptés en classe préparatoire, Élodie rejoindra un foyer d'étudiantes du côté de

Vavin. Simon part avec elle en juillet pour la Toscane, puis ils descendent à Rome. Il prend des photos en noir et blanc, elle crayonne leur voyage dans un carnet, autour des billets de train et de musée qu'elle collectionne. Un soir, sur la piazza Navone, Simon serre Élodie dans ses bras et lui murmure que tout est comme il doit être, exactement. La nuit, quand ils ne font pas l'amour, ils se lisent *Monsieur Malaussène* à voix haute. Ils adorent tout de Daniel Pennac, son humour, sa vitesse d'exécution, ses personnages dont on voudrait qu'ils existent vraiment et qu'on aime plus éperdument encore parce qu'on ne les rencontrera jamais.

4. Idoya

Rue Lacépède, la chambre de bonne d'Idoya est si petite que la table, pliante, doit être rangée contre le mur chaque fois qu'on veut ouvrir la porte. Elle prend ses douches chez Simon ou d'autres élèves mieux lotis qu'elle, le mercredi et le dimanche.

Très vite, Henri-IV lui déplaît. Elle s'ennuie dans cette compagnie d'étudiants trop studieux, au teint décoloré. Pour justifier ses absences en cours, elle invente une mystérieuse allergie à la poussière.

Comme elle n'a pas d'argent, elle fait à toute heure de longues marches dans Paris. Elle aime explorer la rive droite, en poussant jusqu'à Crimée, la porte de la Chapelle ou le parc des Buttes-Chaumont. Souvent, elle imagine des contraintes qui renouvellent ses parcours : un jour, elle bifurque chaque fois qu'elle rencontre un nom de rue commençant par la lettre L ; un autre, elle tourne à droite si elle a croisé une pharmacie, à gauche si c'est un café. Elle contemple, rue Quincampoix, rue La Fayette, les façades des immeubles factices derrière lesquelles se cachent des puits de ventilation.

Elle veut emprunter les voies aux noms les plus étranges, avec une préférence pour celles qui lui promettent un monde fantastique : la rue Barbanègre, le passage de la Sorcière, la cité du Labyrinthe, la rue de la Brèche-aux-Loups. Plus elle sillonne la ville, moins il lui semble la connaître.

Son premier bulletin d'hypokhâgne est alarmant. Elle a eu les meilleures notes en philosophie mais ne s'est pas présentée à trois épreuves du concours blanc. Si elle ne se reprend pas, l'avertissent les professeurs, elle sera congédiée à la fin de l'année. Quand Simon s'en inquiète, Idoya hausse les épaules, un autre projet l'habite.

Depuis la rentrée de septembre, elle prend des notes pour écrire un roman de mille pages au moins. *Le Dernier Roi du monde* racontera le destin d'un architecte de l'an mil, Grégoire de Vitray, qui découvre qu'il ne vieillit plus et même que la mort se refuse à lui. S'ensuivra, jusqu'à nos jours, une traversée des siècles euphorique puis de plus en plus sombre, ce nouveau Mathusalem multipliant les conquêtes, les voyages, les rencontres avec les grands esprits de chaque époque, mais portant le fardeau d'un homme à qui rien ne saurait survivre, ni ses maîtresses, ni ses enfants, ni ses amis, ni même les bâtiments qu'il a construits. Menacé par la folie, Grégoire explore sans succès toutes les formes possibles de suicide puis veut hâter la fin du monde, seul terme envisageable à sa malédiction. Il encourage les révolutionnaires de tous bords, prêche le chaos et, passé maître en chimie, cherche à confectionner un gaz empoisonné qu'il entend diffuser le long des routes et sur les toits des grandes villes. Peu à peu, son corps enfle et se tord sous le poids de ses souvenirs. Au XXe siècle, Grégoire vit caché dans un clocher du Marais dont il ne peut plus descendre, à cause d'une mémoire faramineuse qui l'a rendu éléphantesque. Le roman d'Idoya, empruntant son style à chaque siècle visité, chroniquera aussi l'histoire de Paris, que l'on verra s'étendre au fil des siècles, élever ses immeubles, creuser ses galeries, se démolir et se rebâtir sans trêve, s'embraser, plonger dans les massacres, célébrer des victoires, proclamer les vérités les plus galvanisantes. La jeune écrivaine sait que certains chapitres seront difficiles à écrire et qu'un livre aussi long connaîtra des affaissements. Mais une douce stupeur l'enveloppe chaque fois qu'elle pense à cette romancière de vingt et un ans (elle a calculé qu'elle aurait cet âge au moment d'achever le livre) qui entrera en littérature sur les épaules d'une telle ambition. L'envergure de son geste la rassure et l'excite.

La sanction d'Henri-IV tombe au mois de juin : Idoya n'est pas admise à passer en khâgne. Cette nouvelle, affirme-t-elle devant les Marcillac, lui fait le plus grand bien. Désormais, elle n'a plus qu'à écrire.

Pour rester vivre à Paris, elle décroche un travail de serveuse dans un Quick du boulevard Saint-Michel. Ce petit revenu est complété par des cours particuliers de français et d'histoire, donnés à des enfants de diplomates qui ont bien voulu croire qu'Idoya était toujours à Henri-IV. Un manteau élimé affine encore sa silhouette d'étudiante mal nourrie. Elle dort six heures par nuit et fume chaque jour trente à quarante cigarettes. Ce régime lui permet de noircir dix pages par semaine, le samedi soir est consacré à boire et le dimanche à se relire. Jean-François Bordaberri a rompu à Noël, ils étaient loin et n'avaient pas le goût du téléphone. Mais la nouvelle n'a pas affecté Idoya autant qu'elle l'aurait cru. Écrire la rend heureuse, les autres sentiments trouvent la place prise.

En 1997, Paul s'installe à Paris pour y étudier lui aussi. Idoya et les frères Marcillac se retrouvent une fois par semaine, le samedi après-midi, dans la pénombre du Piano Vache, un bar de la montagne Sainte-Geneviève. D'autres futurs écrivains les rejoignent parfois : Jocelyn Bonnerave, Lucie Prieur, Franck Charbonnel font partie de ce cercle. Dans ce qu'ils nomment leurs *bouillons littéraires*, Idoya, qui a le teint hâve et les ongles mangés des forçats de l'écriture, parle avec confiance de l'avancée de son livre, sept cents pages déjà. Elle apporte de temps en temps, couverts de sa graphie déliée, des feuillets où elle s'inquiète de ne pas tomber juste. Elle lit, ses camarades l'écoutent en fumant et en battant lentement des paupières. Il faudrait assouplir les dialogues, et Idoya se montre d'une embarrassante candeur dans les scènes d'amour. Mais, à ces réserves près, le livre s'annonce splendide, tous le pensent. Quelquefois, Paul Marcillac recopie une phrase dans son carnet. Il appelle Idoya *Maestro*.

Idoya, elle, songe à publier sous un autre prénom, indubitablement français : ce serait Émilie, Florence ou Raphaëlle. Quand la boisson la grise, elle évoque ce jour où elle pénétrera dans le hall de Gallimard, son tapuscrit sous le bras. On raconte que Louis-Ferdinand Céline avait apporté *Voyage au bout de la nuit* dans une brouette, tant son roman était volumineux. Idoya fera tenir le sien dans une valise en cuir bordeaux que lui a donnée son père.

Enfin, elle touche au but et son visage a repris des couleurs. Elle fait l'amour tous les après-midi avec un voisin du quatrième étage. Une amie de ce jeune homme complète ses revenus de secrétaire en tapant à l'ordinateur des manuscrits qu'on lui confie. Idoya économise les 450 francs demandés. Simon et Paul se cotiseront pour les photocopies.

Si Gallimard ne veut pas de son *Dernier Roi*, elle l'enverra chez trois autres éditeurs qui possèdent, pense-t-elle, l'exigence voulue. Déjà, elle parle du livre d'après. Elle note des idées pour un ouvrage qui serait le contraire du premier, mince recueil de dix ou vingt miniatures consacrées à des auteurs imaginaires. Elle a déjà son titre : *Les Écrivains parfaits*.

Et si *Le Dernier Roi* ne trouvait pas preneur ? L'idée de ce refus la hante. Alors Idoya fait ce qu'elle fera tout au long de sa vie : elle décide qu'elle n'a aucun talent. Son roman, relu d'un œil lucide, est un travail de tâcheron. Partout les phrases s'emboîtent mal, elles dégoulinent d'adverbes, de ces grumeaux que font les *que*, les *donc* ; ses idées sont noyées sous une pâte trop épaisse, tout doit être repris. Idoya quitte son travail chez Quick, mange ses économies, pendant des mois on ne la voit presque plus. Éparpillées sur son bureau, les pages raturées lui rappellent à quel point son art est laborieux. Leur vue la blesse. Tous les soirs, elle recopie au propre son travail du jour et jette ces brouillons qui portent les stigmates des écrivains sans don. Plusieurs épisodes de fièvre la clouent au lit. Son voisin amoureux s'inquiète. Si elle continue d'afficher une gaieté catégorique, elle a le teint cireux et fait l'amour très tièdement.

Au retour de l'été, les frères Marcillac et quelques autres se relaient auprès de leur amie. Simon finit par l'en convaincre : un éditeur doit maintenant lire *Le Dernier Roi du monde*, il sera toujours temps de parfaire ensuite un roman déjà très prometteur. On lui relit des passages à voix haute pour qu'elle s'abstienne d'en douter.

Idoya va porter ses mille et cent treize pages manuscrites, soigneusement ficelées, à la secrétaire qui les recopiera sur son traitement de texte. Pour l'occasion, la jeune écrivaine a revêtu sa plus jolie robe d'été, rouge, et s'est fait un brushing à la Julia Roberts. Elle serre contre elle le roman, sa fierté l'entraîne dans les rues de Paris.

En chemin, elle croit apercevoir Jean-François Bordaberri devant les étals de Gibert Joseph. Ce doit être son sosie, elle se rapproche, c'est bien lui, monté à Paris pour quelques jours, son train repart à dix-huit heures. L'inattendu les enchante et bientôt leurs mains se serrent trop fort, comme lorsqu'ils marchaient sur les plages d'Anglet. Sous son brushing, le visage d'Idoya est creusé par la fatigue, mais Jean-François ne voit que sa bravoure immense quand elle lui montre ce gros roman qu'elle vient tout juste d'achever. Idoya le regarde. Il a vingt-deux ans maintenant, sa voix est devenue plus grave, on dirait qu'elle l'a embelli. Ils s'assoient pour prendre un café, puis marchent jusqu'à la gare Montparnasse, riant, ayant tant de choses à se dire, chacune devenant cruciale puisque le temps leur est compté.

Jean-François monte dans son train. Idoya lui fait un signe de la main à travers la vitre, puis elle se trouve timorée devant ce moment où la vie semble se projeter sur un écran de cinéma. Brusquement, elle grimpe à bord. Jean-François l'étreint, ils s'embrassent. Le train va partir, Idoya sort, le train s'ébranle, Idoya marche le long du quai, des larmes lui brouillent la vue et le dernier wagon s'efface dans une courbe où le monde vacille. Elle pense, et c'est vrai, qu'ils ne se reverront jamais.

Maintenant très en retard, elle se décide en sortant de la gare pour un geste coûteux mais qui lui paraît appelé par ce jour extraordinaire : elle arrête un taxi dans la rue. Le chauffeur lui demande sa destination. Idoya va donner l'adresse de la secrétaire. À cet instant, elle s'aperçoit qu'elle ne tient plus son roman sous le bras. Son roman a disparu.

5. Simon

Il les a rencontrés dans sa classe, dans les cafés, à la bibliothèque. Ils sont maintenant une bande de douze ou quatorze, filles et garçons venus de province, tous ou presque en classe préparatoire, quelques-uns à la Sorbonne ou à Censier. Ils se créent des habitudes dans les bars de la Butte-aux-Cailles, aux Neuf Billards et dans les cinémas de la rue Champollion. Ils aiment Dostoïevski et Roland Barthes, Billy Wilder, Kusturica et Wong Kar-wai, *Libération* plus que *Le Monde.* Ils rêvent de trois-pièces dépouillés, de zellige dans leur salle de bains, de sisal sur les sols et de voyages, l'été, en Grèce ou au Vietnam. Parfois, Simon aperçoit leur tablée dans un miroir du café, il se sent fier d'en être. Ils manifestent pour les sans-papiers, se demandent si l'on peut interdire le Front national, voudraient vivre comme si chaque jour ne devait pas avoir de lendemain. Ils sont de gauche mais la gauche les désespère. Ils ont le goût du thé fumé, de leurs idées, du jeu du dictionnaire, des soirées déguisées, des discussions jusqu'à quatre ou cinq heures du matin. Ils aiment rire fort, rejoindre une fête à minuit, boire jusqu'à pouvoir danser sans honte, se tomber dans les bras, se murmurer des choses tendres.

À Henri-IV, Simon a d'abord été intimidé par l'érudition de certains élèves, et par leur certitude qu'un jour ils vont compter. Ses premières notes, élevées, le surprennent. Il ne quitte plus la tête de la classe et réussit le concours l'année suivante, il sera normalien. Les élèves de l'École reçoivent tous les mois un salaire de 6 500 francs ; c'est beaucoup d'argent en 1997. Simon emménage dans un deux-pièces au 7 de la rue Lepic (aujourd'hui rue Firmin-Faure), achète chez Habitat un beau tapis d'inspiration indienne et offre à Élodie, pour son anniversaire, un week-end à Berlin. Là-bas, dans un bar, le regard d'un jeune homme le trouble. Il baisse aussitôt les yeux.

Pendant toute l'année de khâgne, la préparation du concours ne lui a pas laissé le temps d'écrire. Mais l'idée d'un roman s'est semble-t-il consolidée tandis qu'il travaillait, tard le soir, dans la cité fourmillante qu'est la bibliothèque de Beaubourg à cette époque. Il imagine un monde où la littérature serait au centre de nos vies. Le récit s'ouvre sur une tribune publiée dans un grand quotidien : un avocat réclame de voir instaurée, une fois par an, la « Journée sans lecture ». On comprend peu à peu que, dans cette France alternative, un adulte lit en moyenne deux à trois livres par semaine. Le 20 heures se passionne pour les dernières querelles théoriques entre écrivains en vue, pas une publicité automobile n'oserait s'afficher sans un auteur dans l'habitacle, les politiciens s'expriment de préférence en alexandrins, le Goncourt est attribué au terme d'une campagne électorale émaillée de débordements. Les sportifs de haut niveau n'intéressent plus personne, comme les célébrités sans pedigree littéraire. Certains de ces déclassés peuplent des campements aux lisières des villes. Ils remâchent le tournant de l'année 1978, quand le succès sans précédent de *La Vie mode d'emploi* entraîna l'émergence de cette civilisation nouvelle dont ils sont les rebuts.

À l'École normale, Simon découvre les poètes contemporains et apprend le chinois. Il a le temps de travailler chaque jour de longues heures à son roman. Il sait qu'au début tout sera médiocre mais qu'il ne faut rien en conclure, un écrivain doit s'entêter. Il vise les deux cents pages, un bon format – s'il fait plus long il pourrait s'égarer. En mars 1998, il met un point final à la première version du manuscrit, qu'il a prévu de réviser pendant six à huit mois. Ses efforts quotidiens apportent dans la phrase des notes singulières, des tournures plus souples, l'édifice lui paraît mieux dessiné.

Au cours de l'été, il loue une chambre dans un appartement de Brooklyn. Son roman (l'histoire d'un jeune hooligan littéraire qui tente de se désintoxiquer de la lecture) prend place en partie à New York, et il voudrait que certaines pages brillent de l'éclat des vies bien observées. La chaleur moite ne le décourage pas de sillonner la ville en tous sens. Il fait la sieste à Central Park et mange dans des salad bars, remplit ses carnets des conversations qu'il épie, prend des photos à la volée dans le métro. Il regarde passer les lourdes barges sur l'East River et découvre le slam au Nuyorican Poets Café. Il aimerait vivre ici.

Élodie le rejoint à la fin de son séjour. Depuis quelques mois, ils font très peu l'amour, leur histoire n'égraine plus que des mots fades et des tendresses usées, enfin ils se séparent. Dans un moment de colère, elle lui lance sur un ton d'oracle qu'il ne sera jamais heureux. La tristesse accable Simon pour la première fois de sa vie. Mais, comme une bouée mal arrimée, elle s'éloigne assez vite de lui. À cette époque et pour longtemps encore, ses peines sont brèves, ses joies très longues.

En septembre, il fait lire autour de lui son manuscrit. L'un de ses enseignants de l'École lui adresse des remarques sévères mais s'offre de porter son livre à un ami chez Gallimard lorsqu'il l'aura retravaillé. Simon inventorie les commentaires de ses lecteurs puis les dispose dans un tableau à entrées multiples. Ses corrections sont implacables.

Le roman part enfin chez Gallimard, où l'on tarde à répondre. Ses amis lui conseillent de le proposer sans attendre à d'autres éditeurs. Chez Stock, on le lit en deux jours, on est plein d'enthousiasme, le roman ressemble à du Éric Faye avec quelque chose de Paul Auster. *Plutôt la foudre* est programmé pour la rentrée de janvier 2000.

Paul et Idoya organisent une fête surprise au Piano Vache. Les amis, les aspirants écrivains et même des professeurs de Normale, tout le monde est là pour célébrer cette nouvelle apothéose. On boit du vin et du champagne, la compagnie s'époumonne gaiement dans les rues qui soudain lui appartiennent, les plus résolus filent en boîte, où Simon est enlacé par une poétesse à la voix rauque, Anaïs Edenbach. Elle doit se marier à l'automne mais elle veut le revoir.

Les mois filent, la date de la parution approche. Le roman intéresse déjà deux producteurs qui l'ont découvert sur épreuves, on espère vendre les droits de traduction en Italie et en Allemagne, un grand succès s'annonce. Anaïs frappe un matin à la porte de Simon, elle vient d'annuler son mariage, c'est avec lui qu'elle voudrait vivre. Quand un courrier tardif de Gallimard l'invite à reprendre la deuxième partie de son récit avant d'envisager une publication, Simon ne boude pas son plaisir de répondre qu'il a signé ailleurs depuis longtemps.

Le jour où sort *Plutôt la foudre*, il visite les librairies de la butte Montmartre puis descend à la Fnac des Halles. Chaque fois, son roman est là, au milieu des autres, mais Simon a l'impression qu'on ne voit que lui. Pris de timidité, il le touche du bout des doigts, le retourne parfois et lit sa quatrième, l'ouvre au hasard pour vérifier que tout se tient, qu'il n'y changerait pas un mot. Une tante l'appelle de Saint-Brieuc, où le volume est en vitrine. Deux recensions paraissent le même jour, dans *L'Usine nouvelle* et *Sud-Ouest*, celle-ci sur une demi-page avec photo de l'auteur bayonnais. Le lendemain, dix lignes dans *Le Figaro* saluent l'originalité de ce récit et l'émergence d'une voix. Les autres grands quotidiens restent pour l'heure silencieux, mais on peut l'expliquer, c'est toujours pareil à la rentrée de janvier : l'attention des critiques se porte d'abord sur les écrivains confirmés. En février, un festival invite Simon sur la côte normande. L'émotion serre sa gorge tandis que, assis dans un vaste fauteuil en cuir, il expose précisément ce qu'il a voulu dire avec ce livre.

Puis, pendant plusieurs semaines, on attend la réponse de *Bouillon de culture*, la grande émission de l'époque : son présentateur, Bernard Pivot, aurait beaucoup aimé le texte de Simon, qui doit le répéter pour s'en convaincre. Finalement, la rentrée de janvier est déjà un peu loin, l'émission doit parler de romans plus récents. Rien de grave, assure Simon, Bernard Pivot a aimé son livre, il y aura des prochaines fois.

L'attachée de presse avait parlé d'une ouverture au *Monde*. Fin avril, elle rappelle Simon : un article doit être publié dans l'édition du lendemain. Le jeune écrivain dort mal, comme avant un grand jour. Il descend au kiosque vers treize heures, ouvre le supplément littéraire du journal, cherche et enfin aperçoit, dans la colonne des courtes recensions, le titre de son livre. Le critique l'a trouvé étonnant, dommage que le propos soit trop explicatif et l'intrigue si mince.

Une semaine plus tard, son éditrice invite Simon à déjeuner. On s'abstient de parler des producteurs évaporés et des projets de traduction, des rêves de succès qu'on avait partagés. Le marché devient de plus en plus compliqué, souffle-t-elle. Des livres comme celui de Simon sont difficiles à vendre, mais elle reste très fière de l'avoir publié. La reconnaissance viendra, plus tard. Simon raconte dans une lettre qu'il l'a regardée s'éloigner sur le trottoir puis disparaître au milieu de la foule.

Du roman, il s'écoule un peu moins de huit cents exemplaires. Cinq articles ont été publiés, deux festivals et une librairie l'ont invité. On aura aussi entendu Simon sur Radio Libertaire, dans l'émission d'Alexandrine Halliez.

C'est peu. Tous les premiers romans ou presque passent sans faire de bruit, lui répète son frère. Simon est bien d'accord, et il faudrait s'en consoler. Blême, il a besoin de s'allonger.

6. Paul

Ses parents lui téléphonent chaque dimanche et Paul prétend que tout va bien. Il n'a pas été admis à Henri-IV, mais Hélène-Boucher reste un lycée de choix. On y distribue des notes violentes dans l'espoir que les élèves, prévenus de leur médiocrité, fourniront plus d'efforts qu'ailleurs. Mortifié mais soumis, Paul s'abrutit de travail. De Paris, il ne voit presque rien, et ce qu'il voit l'attriste. L'océan lui manque, les hivers sans lumière s'étirent, il se sent comme un bon sauvage transporté dans un milieu malsain. Il n'aime pas non plus ce que ses condisciples et lui deviennent au fil des mois, des petits savants qui s'écoutent parler. Heureusement, Simon et Idoya l'entraînent dans leurs virées du samedi, seul jour où Paul s'accorde quelques heures de repos, une bière et des conversations sur l'écriture.

Il progresse en anglais, en histoire et en philosophie, mais peut-être pas assez pour réussir le concours. Le matin de la première épreuve, lorsqu'il aperçoit la foule des candidats massés devant la halle d'examen, il fait brusquement demi-tour et s'éloigne dans le bois de Vincennes. Deux heures plus tard, ses pas l'ont ramené jusqu'à la grande halle. Il devine, derrière les baies vitrées, des colonnes de candidats penchés sur leur copie. Plus tard, il assurera ses amis qu'il a fait le bon choix. Inquiets pour lui, son frère et ses parents s'abstiennent de tout reproche. Dans l'autobiographie de Paul, *Autres Loups*, ce jour n'est même pas mentionné.

Il poursuit des études de lettres à la Sorbonne et gagne un peu d'argent le week-end, en vendant des chaussures dans une boutique de Saint-Placide. Tout est cher à Paris, le 15 du mois il est déjà dans l'embarras. Par crainte de les gêner, il n'ose dire à ses parents qu'il baisse le thermostat et ne s'achète plus de viande.

Camille Tholomé fait entrer dans sa vie une histoire d'amour et des plaisirs qu'il ne connaissait pas. Élevée dans le sixième, khâgneuse à Fénelon, elle est tranquille et gaie à la façon de ceux qui n'ont manqué de rien. Le jeune couple passe des week-ends dans une longère normande et des soirées dans de vastes appartements où l'on dîne, comme les parents, sur une table étincelante.

Quand il aperçoit les assiettes garnies de médaillons de lotte ou qu'il entend des invités de son âge deviser sur la température du bourgogne, Paul a envie de se lever, d'attraper le premier vase venu et de le fracasser contre le mur. Camille lui reproche à demi-mot ses raideurs de gauchiste. Elle voudrait le voir profiter de tout ce que Paris offre aux gens bien nés comme elle, des invitations pour le théâtre, pour les concerts, des accès privilégiés aux bars sur les toits et à une petite table aux Deux Magots, toujours la même, où un vieux serveur qui la connaît depuis qu'elle est enfant lui apporte un chocolat chaud. Sur les conseils de Simon, Paul se laisse faire. Il accompagne Camille dans une maison de plage à Ibiza. Tous les trois mois, il s'autorise une dépense déraisonnable dans une boutique de la rue du Jour, chemise ou pull en laine mérinos. Il n'aime pas l'air dégagé qu'il prend, sous le regard froid des vendeuses, lorsqu'il passe en revue les vêtements sur les portants, et il lui vient une sorte de dégoût devant son imposture, qui fait remonter ses anciennes colères. Un jour, il éclate. La scène a lieu dans une demeure du Vexin. Camille et Paul sont venus déjeuner chez des amis un peu plus âgés qu'eux, elle éditrice, lui déjà sous-préfet, on sert du champagne avant de passer à table et il y a même une domestique portugaise. Les autres invités débutent dans les ressources humaines, s'essaient au journalisme, assistent des parlementaires. Camille parle du travail de papa, l'éditrice des amants de maman, le jeune sous-préfet du dernier album des Rolling Stones, Paul peine à croire qu'il est en train de figurer dans cette espèce de diorama bourgeois, il a trop chaud, ses cheveux le démangent et, sans bien savoir comment, il se retrouve à califourchon sur l'un des invités, un garçon bien coiffé qu'il assomme de gifles. On l'écarte, il revient à la charge et saisit le sous-préfet par le col. Les invités crient comme des gens qu'on ébouillante. Finalement, l'assaillant lance des mots obscènes et menace de chier sur le tapis persan. Camille le supplie de s'en aller.

Le soir, Paul se saoule avec des ricanements tristes dans un pub de la rue du Cygne. Idoya et Simon doivent le porter jusqu'à son studio. « Libre, heureux et saccagé », écrira-t-il le lendemain dans son journal.

Depuis quelques mois, il travaille lui aussi à son premier roman. Il amasse des notes de lecture sur les navigateurs et la vie à bord des caraques. *Le Second de Magellan* racontera l'histoire de Juan Sebastián Elcano, un Basque aventureux qui embarqua sur l'un des voiliers de l'expédition, fit partie des mutins, fut gracié, s'échappa de l'île philippine où Magellan trouva la mort et devint, lui l'ancien traître, ce stupéfiant capitaine que l'on vit reparaître un beau jour à Séville, le tour du monde derrière lui. Paul rêve d'un livre à la Marguerite Yourcenar, élégant et méditatif, avec des poignées de détails jetées l'air de rien sur la page, lames damasquinées et lances de roseau, aromates, poussières d'or, dents noires des scorbutiques.

Son frère lit son travail chaque semaine et l'encourage sans répit. Mais l'entrain manque à Paul. Il a parfois l'impression d'écrire une rédaction de collégien, quelque chose qu'il a déjà lu ailleurs et qu'il recopierait de loin (les brouillons conservés laissent penser qu'il a raison). Averti de ses doutes, Simon croit voir resurgir le spectre du concours à Vincennes, ce frère qui se saborde et ne finira rien. Alors il exagère son enthousiasme, insiste sans doute trop, ce que Paul lui reproche ; les frères sont près de se brouiller. Mais à l'été 2001 on les retrouve bras dessus bras dessous aux Fêtes de Bayonne, puis dans un hameau du Cantal où une bande d'amis passe un mois d'août radieux. Les frères pêchent, font du vélo, randonnent, se baignent dans des lacs, entrent dans chaque soirée armés d'une joie vorace qui les anime jusqu'à l'aube. Sur les photographies, ils sont beaux et hilares. L'échec du roman de Simon est loin, comme les flottements de Paul.

En décembre, *Le Second de Magellan* est pourtant abandonné. Paul travaille à autre chose, dont il refuse de parler. Simon brûle de voir réussir son frère mais a compris qu'il ne fallait plus s'en mêler. Entre eux, le sujet n'est jamais abordé.

Sa nouvelle tentative n'est pas plus convaincante, pense Paul. Il croyait qu'écrire un livre, c'était peindre un autoportrait, établir entre le langage et soi un rapport si intime que chaque phrase ferait entendre sa voix et le révélerait. Au lieu de cela, il façonne un objet mystérieux où il ne met rien de ce qui lui ressemble. Les meilleures pages lui sont si étrangères qu'elles paraissent avoir été écrites par quelqu'un d'autre. Il achève son texte et l'envoie. Le livre est refusé partout sauf chez La Contrescarpe, un petit éditeur d'art qui publie parfois des romans. On juge celui de Paul trop frêle pour se mêler aux cohues de septembre et janvier, mais on tenterait bien de le pousser au printemps, quand la concurrence est moins rude.

Beau Temps dehors est publié en mars 2003. C'est la courte histoire (cent vingt-huit pages) d'une jeune mère qui se bat pour récupérer la garde de sa fille, placée en famille d'accueil, et que traverse un jour la pensée de l'infanticide. Paul ne sait plus comment lui est venue cette idée, peut-être d'un article lu dans *Libération*. Il n'est pas persuadé que l'analyse psychologique et sociale soit la forme la plus moderne du roman. Pourtant, dès la sortie de son livre, plusieurs critiques saluent la pudeur de l'écrivain, qui fait sentir dans un style concis mais charnel tous les vertiges d'une vie précaire. Le roman plaît aux libraires, on réimprime et tout s'emballe. Un mois après la parution, les articles tombent maintenant par paquets, des invitations noircissent l'agenda de Paul, il enchaînc les émissions de radio et s'assoit sur le plateau de *Bouillon de culture* à gauche de Bernard Pivot, qui dit avoir aimé le roman de ce jeune Zola si actuel. La droiture du texte, l'énergie de son éditeur, le bon sujet au bon moment, une envie qu'a parfois le beau monde de réserver la meilleure place au plus modeste des convives expliquent sans doute ce succès. « Triomphe inconcevable. J'ai peur », note Paul un peu plus tard.

Depuis la sortie, il est sans nouvelles de Simon. L'aîné des Marcillac est parti bourlinguer sur les routes sud-américaines quelques jours avant la parution de *Beau Temps dehors*. Il envoie une carte postale à Idoya mais ne répond pas aux mails de plus en plus inquiets que lui adresse son cadet. Maintenant, Paul se doute que l'accueil réservé à son livre doit être insupportable pour Simon. Il fait entendre sa gêne dans un nouveau mail, où il écrit – c'est probablement maladroit – que ce succès lui semble usurpé. Cinq jours après, il découvre un message sur le répondeur de son appartement. Ce doit être la nuit à La Paz, il y a beaucoup de bruit, Simon appelle d'une cabine et sa voix éraillée par l'alcool, pâteuse, âpre, injurie Paul pendant cinquante-sept secondes.

Il ne comprend que deux semaines plus tard la raison de ces insultes. Simon sonne à sa porte, les yeux cernés, hirsute. Il vient de rentrer en France et a vu *Beau Temps dehors* dans un Relay à Roissy.

C'est mon histoire, dit-il. Je t'ai raconté cette histoire il y a deux ans. Je t'ai dit que j'en ferais peut-être un livre. Mais non, proteste Paul. Tu m'as volé cette histoire, répète Simon.

Il bouscule Paul, qui le repousse sur le palier et verrouille sa porte. Simon tambourine et frappe et hurle que Paul est un voleur, un salopard. Des voisins lui ordonnent de se calmer. Je ne vais pas appeler la police pour chasser mon frère, se dit Paul avec effroi. Puis les coups contre la porte cessent, le silence tombe sur l'immeuble.

Début septembre, *Beau Temps dehors*, pourtant publié six mois plus tôt, figure sur la liste de plusieurs prix. Paul évoque une sensation de roulis et se plaint de vertiges. Quand son roman rate d'une voix le Renaudot, il ne dit rien mais il est soulagé. Quelques jours auparavant, le souvenir troué d'une conversation a fait surface. C'est impossible, pense Paul, on ne gomme pas des scènes pareilles de sa mémoire. Et pourtant son frère se tient de nouveau près de lui, dans la cuisine de leurs parents, ou est-ce dans le salon, les mots qui sortent de sa bouche ont disparu, la bouche est floue, enfin, mal définie, comme dans les souvenirs en général, on n'est pas au cinéma, il n'y a ni gros plan ni ralenti, même les couleurs sont vagues, douteuses, et pourtant c'est certain, Simon lui parle de ce portrait qu'il a lu dans le journal, une jeune femme sans ressources qui se bat pour retrouver son fils, oui, l'histoire est arrivée par Simon. Mais son frère dit-il aussi qu'il aimerait en faire un livre ? Dit-il vraiment ces mots ? Ce point-là est crucial, estimera Paul tout au long de sa vie. L'histoire n'appartenait à Simon que s'il avait émis le désir de la raconter. Paul consultera des hypnotiseurs et une voyante, pratiquera la pleine conscience, entamera une thérapie précognitive et, à soixante-dix ans passés, cherchera encore à se procurer de prétendues pilules mémorielles fabriquées en Nouvelle-Russie. Jamais le souvenir nc sera complété.

Le 4 décembre, *Beau Temps dehors* obtient le Grand Prix de l'Académie française. Le succès rend suspect : un critique dévastateur écrit dans *L'Événement du jeudi* tout le mal qu'il pense de ce texte insincère. Paul souffle, affligé, que le critique a peut-être raison. Mais bientôt on le rassure, rien de tel qu'un article de mauvaise foi pour faire aimer un livre. Et en effet les soutiens pleuvent.

7. Idoya

Le manuscrit ne réapparut pas. Deux fois elle refit le chemin entre le quai de la gare et la librairie où elle avait aperçu Jean-François. Elle regarda sous une table du Saint-Hélier – c'est là qu'ils s'étaient arrêtés pour prendre lui un allongé, elle un expresso. Elle interrogea le serveur comme s'il avait pu être le témoin d'un crime : non, il n'avait vu personne s'enfuir avec un paquet de feuilles sous le bras. Elle téléphona au chef de gare à Bayonne : personne n'avait pour l'instant rapporté mille feuilles A4 ficelées par une cordelette beige. Sa détresse lui attira la compassion d'un responsable à Montparnasse, lequel, nouvelliste à ses heures, fit appeler la conductrice du train et même, deux jours plus tard, l'un des employés qui avaient nettoyé le wagon dans lequel Idoya était montée pour étreindre cinématographiquement son ancien amoureux. Le manuscrit ne réapparut pas.

Depuis qu'elle l'avait égaré, Idoya croyait revoir ce moment où – elle vient de monter dans le wagon, elle va serrer Jean-François contre elle, un homme aux lunettes rondes et à la moustache étroite voudrait passer, les dévisage – elle avait posé son paquet sur le siège à sa gauche. Mais tout tremblait à présent, et cette certitude aussi. Tenait-elle son manuscrit avant de grimper à bord ? Quelque effort qu'elle fît, le lourd paquet refusait de se transformer en matière pesante et stable sous son bras tandis que – toujours sur le quai, hésitante – elle regardait Jean-François derrière la vitre opaque et n'avait pas encore trouvé la force de monter le rejoindre. Étaient-elles, ces pages, déjà perdues ?

La scène s'use et se délite à force de passer devant ses yeux. Idoya perd l'appétit et ne dort presque plus. Bien qu'ils redoutent le pire, les frères Marcillac s'efforcent de la rassurer : un livre, surtout de cette taille, ne saurait disparaître ; on ne jette pas mille pages ramassées sur le siège d'un train. Quelqu'un les aura déposées quelque part. Simon appelle le commissariat de Bayonne, Paul la gendarmerie. Un temps, Jean-François est suspecté. Il a pu voir le manuscrit oublié sur le siège, le prendre et le garder pour lui. Mais pourquoi ? On ne sait pas, on fait des gestes vagues, on pense : pour l'une de ces raisons inexplicables dont le monde est rempli. Lorsque Jean-François devine, au téléphone, de quoi le soupçonne Idoya, il lui semble qu'elle l'entend pleurer. Il n'a rien vu, il n'a rien fait. Elle sait qu'il dit la vérité. Dix minutes plus tard, elle le rappelle pour s'excuser mais il ne décroche pas.

Des semaines passent, à l'angoisse succède une tristesse incrédule, une tristesse sans terme. Vient le temps de se montrer plus raisonnable. Quand Paul ou Simon lui disent qu'on ne sait jamais, Idoya acquiesce poliment puis change de sujet. Elle parle d'entreprendre autre chose, on convient avec elle que c'est sûrement le plus sage. Son recueil des *Écrivains parfaits* l'occupe pour un temps. Elle aime l'étroitesse de ce projet, son peu de poids, tout le contraire du grand roman perdu. En janvier 1999, elle rédige un premier portrait, celui d'un écrivain de la Renaissance qui refuse de voir ses textes imprimés et dont toutes les œuvres ou presque, exclusivement manuscrites, finiront par être perdues. Après avoir achevé cette miniature, Idoya parle d'écrire la suivante sur-le-champ, mais des doutes la freinent, elle se détourne de ce livre et n'y reviendra plus avant de nombreuses années.

Maintenant, de multiples obsessions la tiennent à leur merci. Elle ne peut pas écrire sans un certain stylo ni un certain papier. Avant onze heures du soir, le monde fait trop de bruit. Après une heure du matin, elle est trop fatiguée. Si son appartement n'est pas en ordre, elle ne commence rien.

Les phrases qu'elle aligne lui paraissent bancales. Elle a l'impression que la langue française lui échappe et qu'elle la désapprend jour après jour. Elle vérifie les mots dans le dictionnaire et s'informe en lisant le Grevisse de règles pointilleuses qu'elle oublie sitôt l'ouvrage refermé. Jamais plus elle ne sera cette jeune femme aux ambitions maximales, à l'endurance granitique, capable de se lancer dans un chantier de l'ampleur du *Dernier Roi*. Il faudrait se l'interdire, mais elle pense à ce livre comme à un ami disparu, dont les défauts s'effacent devant la force du chagrin, et qui se pare, même si l'on s'en souvient mal, de qualités inatteignables, dont cette étrange fermeté, impalpable et pourtant certaine – ainsi vivent les morts.

Pour occuper son désespoir, elle prend un travail à plein temps dans un kiosque à journaux de Belleville et fait quelques extras dans un café tout proche, le soir et le week-end. À ceux qui la croisent, Idoya Bosz-Vidal affirme qu'elle n'écrit plus pour le moment. Sa carrière littéraire est peut-être déjà finie. Plusieurs fois, elle fait ce cauchemar : un postier frappe à sa porte et lui confie une enveloppe sale ou abîmée, Idoya en extrait le manuscrit retrouvé, elle relit *Le Dernier Roi du monde* et la honte l'écrase tellement le texte lui apparaît médiocre. « Vie funèbre », écrit-elle dans un mail à Paul Marcillac.

En 2004, on ne sait pas si elle est sérieuse quand elle parle d'entreprendre bientôt une biographie romancée du footballeur Ronaldinho. Les rares archives qu'elle a laissées n'en portent aucune trace. Sans doute ce projet, comme tant d'autres qu'elle mentionna, fut-il seulement rêvé.

Idoya n'a jamais été facile d'accès. Dans ces années-là, elle devient plus insaisissable encore. Souvent, elle déménage et change de travail. Des hommes entrent et sortent de sa vie, égarés comme elle, en partance parfois. Elle accompagne un photographe sur le Transsibérien, mais ils se brouillent entre Tioumen et Omsk, où elle fait demi-tour. Il n'est pas simple de la suivre quand elle s'enflamme pour la crypto-monnaie, la vie sociale des abeilles ou les signaux extraterrestres. Je me suis demandé si elle ne devenait pas cinglée, admettra Paul plus tard. Idoya promène désormais, derrière ses lunettes, un visage gris et un demi-sourire dont on ne saurait dire s'il exprime l'amertume ou le détachement. Elle assure qu'elle va bien et ne se plaint jamais. Les frères Marcillac, absorbés l'un par ses succès, l'autre par ses échecs, la perdent peu de vue.

Elle a trente ans lorsqu'elle envoie aux éditions Grasset *Les Vies hypothétiques de Baltasar Során, alchimiste et bretteur*. De la genèse de ce manuscrit, on ignore absolument tout. L'éditeur qui le découvre, Étienne Bernheim, se souvient d'un récit picaresque au style vif et luxuriant, tout le contraire de son autrice, laquelle, invitée à déjeuner, lui laisse l'impression d'une jeune femme curieusement usée, « une vieille perle sans éclat », écrira-t-il plus tard dans ses mémoires. Idoya Bosz-Vidal paraphe son contrat, le roman doit être publié en septembre 2008. Le soir même, Simon Marcillac entraîne sa vieille amie dans une tournée des bars de Belleville. Idoya se saoule mais lui paraît soucieuse. Quant à son éditeur, habitué à ce que les jeunes écrivains se changent en créatures inquiètes, narcissiques et immodérément bavardes à l'approche de la publication, il est surpris par la discrétion dont témoigne l'autrice. En mars, elle reçoit un premier jeu d'épreuves à corriger, qu'elle ne retourne pas. Son téléphone sonne dans le vide. Puis, un jour, Idoya Bosz-Vidal entre dans le bureau de son éditeur et le supplie de tout bloquer : *Les Vies hypothétiques de Baltasar Során* est un roman épouvantable, il ne faut pas le publier. Étienne Bernheim veut la raisonner, mais rien à faire, la jeune écrivaine maintient que ce livre est vide, est inutile, est superflu. Comme l'éditeur la contredit, elle s'emporte et veut tout saccager. Un vigile apparaît, sa carrure atténue la fureur d'Idoya, qui se laisse raccompagner. Malgré les frais engagés, et même s'il est convaincu qu'elle est minée par l'anxiété, Bernheim la rappelle le lendemain matin : il renonce à publier un texte que son autrice refuse de défendre. La voix détimbrée d'Idoya lui répond que c'est une décision très sage, la seule qui s'imposait.

Durant une décennie, entreposé sur une étagère dans le bureau de Bernheim, le manuscrit attend qu'Idoya Bosz-Vidal s'apaise et se ravise. Enfin, comme tout ce qui prend la poussière, à la faveur d'un de ces brusques besoins de rangement qui vous saisissent parfois aux premiers jours de la nouvelle année, *Les Vies hypothétiques* rejoint une corbeille, puis un incinérateur de banlieue où il finit brûlé.

Il n'y avait pas d'autre exemplaire connu. L'écrivaine a, depuis longtemps, effacé le fichier de son ordinateur. Une semaine après que la publication est annulée, elle quitte sans un mot le magasin qui l'employait. On n'aperçoit plus son vieil imperméable aux pans flétris dans les rues autour de chez elle. L'appartement est silencieux. Après trois mois d'impayés, le propriétaire laisse de vains messages puis, pressentant un drame, fait envoyer les pompiers. La porte d'Idoya est enfoncée devant les visages soudain graves des autres locataires. On se prépare à être saisi par la puanteur du cadavre, mais le domicile est en ordre, les draps ont été défaits, la penderie est vide, aucun papier d'identité n'est retrouvé.

Les Écrivains parfaits, *par Idoya Bosz-Vidal**

1. Bonaventure de Quercy

De Bonaventure de Quercy (1523-1558), on est finalement parvenu à recenser plusieurs œuvres : une tragédie, Sophonisbe éprouvée, *un opuscule dans la tradition des « mépris de cour », un recueil de sonnets pastoraux, un autre d'épîtres amoureuses.*

De ces textes, il ne reste aujourd'hui presque rien, sinon quelques rares fragments et de nombreux témoignages d'admiration, comme celui que Ronsard écrivit après sa mort :

De Quercy, qui estoit l'ornement de nostre âge,
Qui le premier en France a ramené l'usage
De sçavoir chatouiller les aureilles des Rois
Par un Luth marié aux accents de la voix.

Bonaventure de Quercy fut un opposant acharné de l'imprimerie et refusa obstinément de voir ses œuvres publiées. Il lui

* Nous remercions Georges Bosz d'avoir bien voulu nous laisser publier les textes de la série « Les Écrivains parfaits », retrouvés au dernier domicile de sa mère.

semblait que sous la presse se perdaient tous les accents singuliers que la main trace et qui révèlent l'âme. Demandait-on aux peintres de composer sur des panneaux aux dimensions toujours les mêmes ? Et verrait-on un jour des soufflets mécaniques derrière les flûtes et les hautbois ? Les caractères d'imprimerie, confiait-il dans une lettre à sa cousine, « glacent langue et musique ». Adolescent, il aurait, à Lyon, participé au saccage de la boutique d'un typographe.

Parfois, Bonaventure portait ses textes dans un atelier de copistes, bien qu'il préférât encore, par souci de sincérité autant que d'économie, les recopier de sa main pour les mettre en circulation. Son écriture était, paraît-il, fort peu lisible. Mais sa poésie crépusculaire, annonçant d'Aubigné, lui valait des louanges. Et, comme on en faisait grand bruit, il entreprit des tournées dans le royaume pour faire entendre ses vers. Sa voix, quand il lisait, devenait profonde et instable, avec de tels tressautements qu'on la croyait sur le point de s'éteindre. Il captivait.

Autour de lui, cependant, les demandes de publication se faisaient pressantes. Du Bartas déplore l'entêtement de Bonaventure à garder ses vers manuscrits et se plaint « Du grand tort qu'il nous fait aussi / De les ensevelir ainsi ». Après la représentation triomphale de sa Sophonisbe éprouvée *à Fontainebleau, le roi en personne, qui décida de pensionner Bonaventure à la cour, l'aurait invité à publier sa pièce. À toutes ces demandes, le poète opposait un refus souriant mais ferme. Il lui plaisait de s'imaginer en dernier insoumis.*

Lorsqu'en 1556 il découvrit que circulaient des exemplaires imprimés de ses Commendations de la Vie Rustique et Fleuviale, *signés de son nom, il entra en fureur et se mit en tête de retrouver pour le châtier l'éditeur clandestin. Les protestations enthousiastes d'amis ou d'inconnus qui s'étaient délectés de cet ouvrage vif et profond, condamnant les « superficialitez de cour » et louant la vie aux champs, ne firent qu'accroître sa contrariété. Avec l'argent de sa pension, Bonaventure de Quercy entreprit de racheter tous les exemplaires publiés qu'il put trouver, ainsi que les manuscrits de ses œuvres précédentes – car il craignait qu'on ne les publiât elles aussi. Et il versait des larmes d'amertume à l'idée que le mal était fait, et qu'il se trouverait toujours un exemplaire imprimé pour lui échapper.*

Il finit par trouver l'éditeur, un jeune homme indélicat qui venait de se procurer une copie manuscrite d'un recueil de ses sonnets et s'apprêtait à récidiver. Bonaventure le défia en duel. La nuit d'avant, pressentant qu'il allait mourir, il écrivit un long poème épique (aujourd'hui perdu) et but plus que de raison. Au petit matin, il s'aperçut que l'éditeur, vacillant et livide, n'avait pas dormi non plus. Il lui perfora le foie. Trois heures après, le jeune homme était mort.

C'est à peu près à cette époque que Bonaventure rencontra Bartolomé Vargas, un aventurier savant qui avait perdu beaucoup d'argent aux îles mais entendait se refaire grâce à la mise au point d'un procédé révolutionnaire : la luminotypie permettait d'impressionner, en l'exposant aux rayons du jour, une feuille de papier (que Vargas appelait le négatif) préalablement enduite d'une solution de nitrate d'argent et d'iodure de potassium. Des feuilles de papier mouillées de sel de cuisine et présentées à la lumière derrière le négatif s'imprégnaient ensuite de ses motifs, autant de fois qu'on le voulait. Bartolomé Vargas en fit la démonstration à Bonaventure avec une carte des astres posée sur un fauteuil. Il était sur la voie de la photographie argentique.

De Quercy engagea sa fortune. Il tenait là le moyen de reproduire des pages manuscrites et de les diffuser rapidement, ainsi que de façon massive. C'était la fin de l'imprimerie. Car les poètes et leurs lecteurs préféreraient toujours des livres habités par la main de l'auteur plutôt que ces artefacts impersonnels composés par des brutes ignorantes dans l'odeur de l'encre et le bruit de la presse. Fiévreux, Bonaventure alla porter la nouvelle à Joachim Du Bellay, qui lui promit ses Regrets. *Les deux hommes signèrent un contrat pour le premier livre entièrement luminotype.*

Le procédé de Vargas n'était cependant pas si simple. Il était surtout lent, inégal et coûteux. Les essais sur les pages où Du Bellay avait porté sa gracieuse écriture n'étaient pas concluants. La solution de bromure qu'utilisait Vargas pour fixer la reproduction sur les feuilles salées brunissait au bout de quelques heures et gâchait le papier. Un soir, l'entrepôt prit feu. De Quercy apprit que Vargas avait dépensé auprès d'un astrologue l'argent qu'imprudemment il lui avait confié. Il s'était aveuglé.

Alors il défia Vargas en duel. La nuit qui précéda, il se hâta d'écrire un quatrain qu'il avait promis pour la chasse du roi, le lendemain après-midi. C'est un court texte à la mode mignarde, dédié à la monture d'Henri II, et que je crois peu représentatif du style de de Quercy :

Petit cheval, gentil cheval,
Doulx à monter, doulx à descendre…
Bien plus petit que Bucéphal
Tu portes plus grand qu'Alexandre

Au petit matin, n'ayant pas dormi, Bartolomé Vargas n'avait pas fière allure. Mais Bonaventure non plus. Et cette fois il mourut.

8. Paul

Il voyage, dort dans des hôtels pour gens très riches, découvre des tables étoilées, prend des avions pour le Brésil, Milan, San Francisco, se saoule au saint-émilion chez le consul de Kiev et au saké chez celui de Kyoto. Le succès de son livre donne à sa vie l'éclat et la liquidité qu'ont les rêves parfois. Des romanciers confirmés, des politiciens, des acteurs en vue lui écrivent leur admiration, l'invitent ici et là. Il vit pendant quelques mois entre Paris et Montréal, où il est tombé amoureux d'une chanteuse folk. *Beau Temps dehors* est adapté au cinéma, Natacha Régnier joue le rôle principal, Paul monte les marches à ses côtés au festival de Cannes. Il enchaîne les tables rondes, il signe des pétitions, il est traduit chaque trimestre dans un nouveau pays. Plusieurs éditeurs le courtisent. Il est immensément malheureux.

Il écrit à son frère une lettre trop longue. Il n'y admet ni plagiat ni vol, mais il veut s'excuser pour la douleur qu'il a causée sans le vouloir. Simon ne répond pas. Paul relit le brouillon de sa lettre. Il la trouve confuse et en regrette les tournures, on dirait les mots d'un coupable qui refuse d'avouer.

Maintenant il dort d'un sommeil sans profondeur et, à trois heures du matin, les mêmes pensées l'éveillent, noires et oppressantes dans le silence de la nuit. Il a perdu son frère – son frère ne l'aime plus – son frère le hait.

Un matin, il est là, posté devant l'immeuble de Simon. La scène se retrouve telle quelle dans un roman tardif de Paul, *À propos de la guerre*, seuls les prénoms ont été changés : « Après plusieurs nuits de mauvais sommeil, craignant de bafouiller, Nils écrit sur un bristol ce qu'il voudrait dire à Vincent. Les mains moites, il relit ces quelques phrases qui déroulent une déclaration d'amour irréfutable. Son frère sort de l'immeuble. Comme il arrive parfois quand vous apercevez au loin une figure familière et qui ne vous voit pas, qui vit sa vie sans vous, dans une réalité adjacente, Nils ne reconnaît qu'à moitié Vincent. Il s'approche et l'appelle. Sur le visage de son frère, une expression de déplaisir lui fait aussitôt regretter cette entreprise. Mais il est trop tard pour reculer : Nils lui déclare qu'il l'aime et qu'il voudrait se racheter. Vincent hausse les épaules avant de s'éloigner. Rien ne sera réparé. La rue est infiniment vide. »

Ce haussement d'épaules de Simon n'en finit plus de l'humilier. Alors en quelques jours Paul bascule, la colère le gagne. Jamais il n'aurait dû offrir à son frère le spectacle du remords et de l'affection à tout prix. Simon s'est donné le beau rôle et ses accusations sont insensées. Il les répand. Il faut contre-attaquer.

Une guerre de position commence. Paul s'y révèle adroit. Il sait mener les conversations jusqu'à son frère en paraissant vouloir éviter d'en parler. Toujours il se montre réticent à le blâmer, mesuré dans ses jugements, économe dans ses réquisitions, désireux que Simon aille mieux, c'est tout ce qu'on peut lui souhaiter, et attristé d'apprendre ses nouvelles déconvenues, que quelques bouches malveillantes ne manquent pas de rapporter. Devant leurs parents, Paul joue, dans un registre proche, le fils préoccupé : Simon a beaucoup changé, même ses amis ne le reconnaissent plus. Alarmés, père et mère croient devoir s'immiscer dans la vie de l'aîné, qui repousse leurs inquiétudes. On se froisse, on s'éloigne, les parents rallient peu à peu le camp du cadet. C'est une besogne que de démolir pièce à pièce quelqu'un. Mais son frère doit faire pareil, alors pas le choix, pense Paul.

Il écrit pendant trois ans son deuxième roman, dont il trouve le titre juste avant sa publication. *L'Amour debout* fait presque cinq cents pages et ne se résume pas bien. À Pantin, un vieux prof de français, Victor Brafman, finit de sacrifier à son métier une prometteuse carrière d'écrivain. C'est l'automne, les derniers espoirs d'une autre vie s'éteignent, Brafman abandonne un roman qu'il n'a plus le désir d'écrire. Il revoit au milieu du livre une actrice qui faillit être sa maîtresse du temps où son épouse n'était pas encore morte. Au dernier chapitre, Brafman répond favorablement à une voisine cherchant quelqu'un pour faire l'amour debout : dans cette position, les sensations sont plus fortes, lui explique la femme, et Brafman en convient. Mais juste après l'orgasme il est pris d'un malaise, une ambulance l'emporte, on ne sait s'il va vivre ou mourir. Sur cette mince trame se greffent les désillusions sentimentales d'un voisin gangster, le spectre bavard de l'épouse, un tournoi de go qui vire à l'émeute, une épidémie de grippe pisciforme (les infectés voient leur peau se couvrir d'écailles), des digressions sur l'aménagement urbain, sur Kafka et plus largement sur la littérature, « qui ne guérit de rien, sauf de ce qui ne fut pas vécu ».

Jugé touffu et par endroits obscur, *L'Amour debout* est programmé pour septembre 2007, sur l'insistance de l'auteur. Son éditrice aurait préféré une date moins encombrée. Pourtant, dès le mois de juin, un nouveau succès se dessine. Plusieurs critiques en vue prédisent que le roman de Paul sera l'un des événements de la rentrée. *Télérama* lui réserve sa couverture. Les libraires s'animent, on parle d'un croisement réussi entre la mélancolie de Modiano et la verve de Boulgakov ou Rushdie. En septembre, Paul figure encore une fois sur les listes des prix. Le Goncourt lui serait promis, mais il se refuse à y croire. Il l'obtient dès le premier tour. Il n'a que vingt-huit ans.

Invité du 20 heures, il s'entend parler de jubilation et de liberté. Sa voix est comme enrouée, métallique. Le présentateur lui demande ce qu'un écrivain de son âge a pu mettre de lui dans cette histoire de prof en fin de course, aux vigueurs déclinantes. On voit Paul cligner deux fois des yeux, toucher de l'index le bout de son nez puis faire la réponse attendue, on parle toujours un peu de soi quand on écrit un livre. Maintenant contaminé par la perplexité de Paul, c'est le présentateur qui cligne deux fois des yeux. Le silence s'étire, alors

Paul bredouille : Ce que j'ai mis de moi, c'est la peur. La peur que tout soit déjà fini.

Comme pour le détromper, les semaines qui suivent le voient tomber amoureux, une histoire débute. Paul la raconte en détail dans son autobiographie. Chloé, dite Clou, est une philosophe de vingt-sept ans qui aime entre autres danser le tango, faire l'amour l'après-midi et boire des mojitos. Même après la fin de leur histoire, Paul gardera longtemps ces trois inclinations. Dans ses carnets, il la dessine pendant qu'elle dort. Bien que le trait soit maladroit, on devine un petit nez, des yeux lourds, une taille mince sur des hanches larges. Clou rit peu et ne laisse pas l'impression d'une jeune femme gaie, pourtant une joie patiente l'habite. Paul voudrait accorder son humeur à la sienne mais, durant l'hiver qui suit l'obtention du Goncourt, il ne parvient jamais à être aussi heureux qu'il le devrait. Il remâche la brouille avec son frère, qu'il réexplique à ses amis sans voir qu'il les épuise. Il fait, pesamment, la tournée des librairies et quelques voyages à l'étranger. Son prochain roman tarde à s'ébaucher. Il évoque plusieurs pistes mais n'a aucune idée de ce qu'il va écrire, il se sent sec et Clou lui manque à longueur de journée. Il voudrait l'accompagner partout, à Nanterre où elle est chargée de cours, chez ses parents le dimanche, jusqu'au bord de la piscine où elle fait ses longueurs. Clou dit qu'on ne l'a jamais autant aimée.

Un soir d'été, ils vont au cinéma voir *Dans Paris* pour la troisième fois et elle lui serre très fort la main pendant toute la durée du film. À la sortie, pressentant ce qui va suivre, Paul fait durer un monologue sur les ravages du sarkozysme et Clou l'écoute tandis qu'ils descendent la rue

Monsieur-le-Prince. Quand il se tait, elle lui dit qu'elle s'en va, qu'elle l'a trompé, qu'elle est triste et heureuse.

Anéanti, Paul s'enferme, stores baissés. Il attend un sms miraculeux, qui ne vient pas. Allongé sur le dos à même la moquette, il écoute France Info de plus en plus bas. Il écrira plus tard qu'il s'éloignait du monde comme un cosmonaute se détache au ralenti d'une station spatiale.

Au bout de six jours, il a décidé qu'il allait survivre et s'y applique avec une rigueur d'athlète. Il ne boit plus. Il se couche tôt. Il cuisine des recettes piochées dans un livre de diététique. Il reprend des cours de tennis et améliore son revers. Sa vie est sans saveur mais minutieuse. La nuit, il cherche des consolations dans la lecture. Certains auteurs qu'il aime, Sarraute, Gailly, Perutz, ne se révèlent d'aucun secours, ils n'aident pas à vivre. Paul trouve refuge chez des Anglais du XIXe, Jane Austen, Thomas Hardy, et dans un long roman de Jonathan Franzen où les sentiments ont l'air vrais.

Au cœur de cette vie désolée, la pensée de son frère le reprend, c'est l'un de ses derniers repères. Cependant, la haine qu'il croyait lui porter révèle des bords moins aigus. Il n'a pas croisé Simon depuis plusieurs années, il ne sait pas où il habite, si ses cheveux sont courts ou longs, à qui il parle, à quoi il pense. Son frère est devenu l'un de ces êtres largement imaginaires que la mémoire présente toujours sous les mêmes aspects, figés mais flous, pauvres en détails. De quoi peut se nourrir l'hostilité si son objet n'est plus certain ? Paul apprend que Simon vit désormais à Mexico, un ami lui donne son adresse. Soit que le besoin de le voir se fasse impérieux, soit que la qualité romanesque de ce geste l'y incite, il prend l'avion un matin à Roissy et entre le soir même dans le quartier de Tepito. Cette fois, il restera sur le trottoir d'en face et il verra sans être vu.

La nuit tombe. Au premier étage de l'immeuble, une fête bat son plein. Paul croit reconnaître, appuyé au garde-corps, son frère, de dos, qui fume une cigarette. Ses cheveux longs font des boucles dans son cou, sa peau est brune et un tatouage orne son avant-bras. Paul se replie sous un arbre. Il confiera qu'une impression de danger l'a fait chanceler à cet instant ; il sent que sa haine lui échappe et qu'un grand vide le menace.

Alors, avant que Simon ne l'aperçoive, il tourne les talons et s'enfuit.

9. Simon

Au début, il a fallu se policer. Il veille à ne plus prononcer son nom, détourne la conversation lorsqu'elle fait surgir son frère, tient la bride haute à ses pensées si elles veulent errer vers lui. Dans son esprit, le blanc plus clair que laisse le portrait enlevé de Paul se détache encore sur le blanc plus foncé du mur, mais bientôt ce rectangle à son tour s'assombrit, les contours du fantôme s'estompent, le souvenir du souvenir se fond dans l'habitude et au bout de quelque temps cet effacement, qui n'est même plus un effort, même plus un dessein, ne procure à Simon qu'une satisfaction tranquille, et un dernier étonnement devant l'aisance avec laquelle, comme un trousseau de clés, le passé peut être perdu.

À cette œuvre d'oubli, Simon ajoute d'autres disparitions. L'échec de son premier roman n'en finit pas de le meurtrir, il voudrait n'avoir jamais écrit ce livre et pouvoir l'annuler, s'annuler avec lui. Il cherche sans le trouver un nouveau nom de plume et prend la décision de changer d'éditeur pour son prochain roman. En attendant, il rompt avec Anaïs Edenbach, il se rase la tête, il part. À Barcelone, d'abord, dans un squat, puis à Tunis, à Boston et enfin à Mexico. Il vit de petits boulots, plongeur ici, livreur là.

Son deuxième roman, il le rêve débordant, vertigineux et magistral. Il aimerait l'écrire sans savoir où il va, dans une longue inspiration que lui accorderaient une divinité du style ou les grâces de la boisson. Il attend le feu céleste, il essaie le whisky, mais le premier ne le visite pas et le second l'endort. Alors, reprenant la seule méthode qu'il se connaît, il dresse des plans et détaille des synopsis, un par chapitre. Il s'astreint à écrire trois heures le matin, avant de prendre son service dans une pizzeria pour touristes de Coyoacán, et trois heures le soir, après quoi il retrouve l'homme qu'il aime à cette époque, un jeune disquaire nommé Rubén Zabaleta, qui a une barbe blonde, de grands yeux bleus et, sur les photos, le halo triste de celui que la mort fauchera bientôt dans un accident de la route. À son contact, Simon découvre la pensée de Murray Bookchin et les premiers grands textes rupturistes (ceux-là mêmes dont s'inspirera, trente ans plus tard, le soulèvement dans lequel il s'illustrera). Son compagnon l'introduit dans un cercle de révoltés qui organisent des concerts sauvages et rêvent d'un terrain de lutte où parleraient les armes. Alors que Rubén rejoint des camarades au Salvador pour ranimer la guérilla, Simon reste au Mexique, il doit terminer son roman. Et puis les véritables aventures lui font encore peur. La nuit, souvent, il se voit mourir, emporté par des vagues géantes, fauché par un camion.

Il lui faut deux ans pour achever le manuscrit d'*Oxomo*, dont la version envoyée à divers éditeurs avoisine les huit cents pages. Son *petit mastodonte*, comme il aime l'appeler, raconte la vie potentielle ou seulement rêvée d'un jeune condamné à mort mexicain qui attend dans sa cellule un coup de téléphone. Le livre, écrit au conditionnel, voit se ramifier les avenirs possibles de Pablo Esquivel chapitre après chapitre. Dans certains, le téléphone ne sonne pas et Esquivel se suicide, ou s'évade, ou hausse les épaules et apprend quinze ans plus tard que le véritable auteur du crime a enfin avoué. Dans les chapitres où il s'évade, Esquivel est rattrapé au bout de trois heures, ou bien après trente ans (dans l'Iowa, à Mount Marten, il est vendeur de voitures et il a trois enfants), ou encore n'est jamais retrouvé jusqu'au jour où il meurt à Montmartre en glissant sur des marches mouillées. Si le téléphone sonne, Pablo apprend comme on s'y attendait qu'il est gracié, ou bien qu'il ne l'est pas, que sa femme s'est remariée ou – c'est l'un des meilleurs chapitres – qu'un cheval sur lequel il a misé vient de gagner à l'Hipódromo de las Américas.

Le premier roman de Simon était trop appliqué, et trop prudent certainement. Dans la version que Flammarion publie en 2007, *Oxomo* se disperse avec entrain, la phrase s'amplifie, le livre en contient cent. On devine que Simon est fier d'avoir su se réinventer. « Cette fois, confie-t-il à un ami dans un mail, j'ai brûlé tout mon carburant. »

L'accueil n'est même pas tiède : la critique l'ignore, le livre ne se vend pas. Parmi les rares lecteurs de l'époque, on se souvient d'un début embrouillé, d'un Mexique de pacotille, d'un style trop chargé.

Simon répète que la France est loin et que briller ne lui importe plus. Mensonge, bravoure : il pensait qu'*Oxomo* serait forcément remarqué – ou qu'il pourrait au moins publiquement déplaire, une autre façon d'exister. Au lieu de quoi rien, l'indifférence. On entend Simon dire qu'il manque de talent. Son infortune se prolonge dans une suite de répliques : la pizzeria qui l'emploie doit fermer, son colocataire et lui se disputent, il apprend le Goncourt de Paul, l'une de ses dents s'infecte.

Il rentre en France pour se faire soigner à moindres frais, mais l'argent manque lorsqu'il veut repartir. Le Mexique ne le reverra plus. Il passe l'hiver à Bayonne dans la maison familiale. La conversation évite soigneusement les réussites de Paul et ses parents répètent leurs éloges à propos d'*Oxomo*, même s'ils avouent qu'au début ils ont dû s'accrocher. Pour s'inventer quelque chose à faire, Simon passe ses journées à la bibliothèque municipale, où il lit des poètes américains. En quittant le bâtiment, le soir, il lui arrive de marcher dans les rues du centre-ville et d'y croiser des anciens du lycée. Lui qu'on croyait promis aux succès les plus grands ne cache pas qu'en ce moment il flotte un peu. On a bien sûr appris pour le Goncourt de Paul et on l'en félicite comme si c'était le sien.

Un matin qu'ils font des courses à l'hypermarché, sa mère le supplie de se réconcilier avec son frère. Elle croit savoir que des mots malencontreux prononcés par Simon sont cause de cette brouille. Blessé, il quitte Bayonne en laissant sur la table de la cuisine une feuille chargée de formules cinglantes qu'il finira par regretter.

L'été suivant, on le retrouve à l'accueil d'un hôtel de luxe en Suisse. Des ombres qui se sont amoncelées au cours de la dernière année, il semble avoir tout effacé. Il est gracieux, enjoué, peut-être trop, et conquérant. L'après-midi, sur son temps libre, il traduit des poèmes de Charles Reznikoff et prend des notes pour un essai dont seul le titre est resté : *Une histoire des sans-histoires*. Parfois il aimerait, comme certains clients de l'hôtel, être riche à millions. Dans un manoir dominant un lac italien, ou écossais, il écrirait du matin au soir. Quelqu'un lui préparerait ses repas. Il pourrait même acheter des encarts publicitaires pour signaler la sortie de ses livres.

Une idée de roman lui vient. Ce sera la description minutieuse d'une cité souterraine, que l'on devine peuplée de survivants à une apocalypse, chacun recevant pour mission de mémoriser l'un des livres en train de s'effriter dans le silo qui leur tient lieu de bibliothèque. Simon l'appellera *Dernière Ville*. Pour l'écrire, il sollicite en 2009 une aide du Centre national du livre : la bourse de 7 000 euros lui permettrait de tenir plusieurs mois sans penser à comment manger, à comment vivre. Parmi les cinq membres du jury figure l'écrivain Franck Charbonnel, que Simon a bien connu du temps de ses études. Par élégance, il s'abstient d'entrer en relation avec lui, mais veut croire que cet ancien camarade portera sur sa candidature un regard bienveillant, et même favorable. La bourse lui est refusée.

La suite des événements est moins certaine, il faut forger quelques maillons. Simon cherche à connaître les motifs du refus. Une indiscrétion lui apprend que Charbonnel, le presque ami, a torpillé son dossier. Surpris, il se décide à l'appeler. Franck Charbonnel explique qu'il y avait de meilleurs projets que celui de Simon, c'est tout. Mais son ton est hostile et, comme Simon insiste pour savoir s'il y aurait un litige entre eux, il ne se prive pas de lui rappeler des faits anciens : en khâgne, Simon avait tourné en dérision l'une de ses premières tentatives littéraires, quand, encore marqué par ses lectures, il se rêvait en nouveau Faulkner et voulait raconter le siècle d'une dynastie de sabotiers sur les hauts plateaux du Vercors. Alors Simon, confus, se souvient du texte boursouflé que Charbo lui avait donné à lire, de ce soir où ils en avaient parlé dans son dos, au Piano Vache, de son imitation féroce du style charbonnellien, de l'hilarité autour de la table (il était drôle ce soir-là).

Comment Charbo sait-il cela ? L'ancien camarade ne livre pas sa source. Paul Marcillac soutiendra toujours qu'il n'a joué aucun rôle dans cette affaire, mais Simon y voit sa main. Charbonnel et son frère ont le même éditeur. Ils se seront croisés récemment, la conversation aura roulé sur le dossier déposé par Simon au CNL, que Charbonnel était en train d'examiner, Paul aura vu là une opportunité de nuire, pour rallier à sa cause le membre de la commission il n'aura pas manqué de révéler que Simon s'était bien foutu de sa gueule, un soir, au Piano Vache, en parodiant son style – ce qui n'avait fait rire que lui.

La colère enfièvre l'esprit de Simon. Dans les heures les plus longues de la nuit son frère est le cœur de toutes ses pensées, qu'il aimante et contamine. Simon se débrouillera sans cette bourse, il travaillera, il trouvera. Mais que Paul, le jeune écrivain victorieux, partout sollicité, que Paul ait intrigué pour qu'il soit privé d'une telle aide, cette injustice le brûle comme un feu. Pendant plusieurs jours, il lutte en vain contre ses ruminations. Il faut y mettre fin.

Simon voyage jusqu'à Paris. À cette époque, une grande halle d'exposition abrite, au mois de mars, un événement rituel nommé le Salon du livre. Il faut imaginer une sorte d'hypermarché de l'édition, un dédale violemment éclairé où l'on erre et s'englue, où l'ennui fait acheter des ouvrages qu'on ne désirait pas vraiment à des auteurs qu'on n'est pas sûr d'aimer. Pour l'inauguration, chaque exposant donne un cocktail et des gens du milieu, venus là sans entrain, sombrent dans la torpeur bruyante de la halle bondée. Simon entre. Il finit par s'arrêter devant l'espace qu'occupent les éditions Grasset. De l'autre côté d'une barrière, son frère est là, une flûte de champagne à la main, en pleine conversation avec une éditrice et deux auteurs de la maison. Simon enjambe la barrière, il est sur Paul, un coup de poing lui ouvre la pommette, mais Paul riposte, la fureur est restée tapie en lui et son souffle surgit, le redresse, on voit sur la vidéo grisâtre les invités qui s'écartent, un homme qui trébuche, les deux frères qui se cognent, se griffent, s'écorchent sans qu'aucun mot soit échangé, leurs nez maintenant saignent, dans la mêlée les objets autour d'eux paraissent enchantés d'une vie propre et tourbillonnent, verres, petits-fours, piles de livres, Paul a saisi par le col une bouteille de champagne qu'il utilise comme une masse d'armes, Simon est touché à la tempe, il esquive le moulinet suivant, feinte et décoche un coup de tête limpide qui assomme son frère. On veut le maîtriser, il s'enfuit. Plus tard, Paul porte plainte. Simon est condamné à une amende et du sursis. Cette bagarre le rend pour quelque temps célèbre, du moins dans les cercles de l'édition. On l'invite en espérant qu'avec ses mauvaises manières il donnera du relief à des soirées trop compassées. Mais il ne vient jamais. Ses amis disent qu'il vit seul dans une bicoque à la campagne et qu'il n'arrive plus à rien. Pour la première fois court la rumeur qu'il voudrait en finir.

10. Idoya

De sa disparition, elle avait pensé qu'elle pourrait faire un livre. Elle y dirait le vertige des premières heures, quand vos pas vous portent vers une vie nouvelle et que déjà, dans les rues puis le métro, vous vous sentez spectral. Elle y raconterait le dernier retrait d'argent, la descente dans une petite gare inconnue, l'achat de matériel, l'entrée dans la forêt, la quête d'un modeste périmètre d'accès, l'installation, les épreuves et les maigres triomphes. Elle y chanterait les saisons, la parade infinie du vivant, l'ivresse de tous ses sens et aussi, on s'y attendait, le temps reconquis et la sagesse supérieure des ermites heureux. Pour bien faire, le livre laisserait affleurer des énigmes à peine visibles, un jeu de piste qui mènerait jusqu'à son domicile au cœur de la forêt. Et dans cinq ans, dans vingt ans, Paul ou Simon ou un lecteur japonais se présenterait à l'orée de la clairière et elle retournerait au monde, ce serait douloureux mais beau.

Elle s'installe dans une forêt près de Beaumont. Elle dort dix heures d'affilée la première nuit, d'un sommeil enfin serein. Les jours suivants, elle entreprend de construire une habitation avec des bâches en plastique nouées aux arbres par des haubans. Une autre bâche, modelée en forme d'entonnoir, lui permettra de diriger l'eau de pluie vers une poubelle de cent litres ; des filtres à café purifieront l'eau qu'elle boira. Elle creuse des feuillées puis fabrique un râteau, sa retraite sera d'une inflexible propreté. Elle ignore encore si elle aura une radio, si elle prendra des nouvelles du siècle. Assise sur une chaise de camping, elle somnole en respirant l'odeur moelleuse de l'humus, le silence est assourdissant. Puis elle renoue avec ses *Écrivains parfaits* et rédige le portrait d'une poétesse qui s'épuise à écrire un seul vers, capital et suprême.

Elle ne saurait pas dire pourquoi elle est partie. Ses difficultés à écrire ont pesé, mais n'est-ce pas autre chose qui l'a conduite ici, l'envie de se perdre, de s'effacer peut-être, et d'être le témoin de cet effacement ? Sa canne à pêche dépeuple l'étang tout proche, un manuel de survie lui apprend quoi cueillir. Au bout d'une semaine, elle se voit demeurer là pour toujours, parmi les formes d'une vie terrestre auprès desquelles s'établirait une diplomatie muette. Puis la pluie tombe hargneusement, les nuits sont si froides qu'elle doit rester debout pour éviter l'hypothermie. Le dixième jour, elle glisse sur un rocher mouillé, s'en tire avec une grosse contusion, mais ses lunettes sont brisées. Le lendemain, un coup de vent met sa maison à terre. Elle pourrait tout reconstruire, se racheter une paire de lunettes, ses erreurs serviraient forcément ses progrès, elle apprendrait à maîtriser chaque corvée, chaque heure de son exil, et peu à peu elle deviendrait la résidente souveraine de ce bout de forêt. Mais elle a faim, elle se sent sale et elle s'ennuie. Les bâches sont laissées au sol. Bientôt, des feuilles mortes les recouvrent. Elle est partie se perdre ailleurs, au Laos.

D'après une annonce, l'Institut français de Vientiane cherche des enseignants. Elle arrive trop tard, les postes sont pourvus. Cependant, quelque chose d'impalpable dans les rues de la ville, un air de stupéfaction et de mystère, la décide à rester. D'abord employée d'un bowling, elle devient femme à tout faire à bord d'un petit bateau marchand, le *Sea Star*, qui, à défaut de voir un jour la mer, cabote sur le Mékong entre Vientiane et Luang Prabang. Le navire appartient à un jeune capitaine, Soukhaphone Phaphouvanin, lequel préfère qu'on l'appelle Mike par souci de concision. Idoya et lui s'engueulent à longueur de temps dans un anglais qu'ils maîtrisent mal. D'après la Française, Mike est aigri et cyclothymique. Idoya, selon Mike, est une tire-au-flanc, son estomac un gouffre financier. Une fois par mois, leur collaboration prend fin dans une dispute sans retour. Puis l'eau-de-vie les réconcilie, tous deux ont l'alcool lacrymal.

Le long du Mékong, les jours peuvent être oisifs et vagues. Idoya s'allonge sur le toit de zinc du navire ou rêve dans la cale, près du moteur, là où Mike l'a laissée installer les rudiments d'une chambre. En même temps que les remugles du fioul, des idées de romans immenses lui montent à l'esprit.

Pour l'un d'eux, elle aperçoit sur la première page une femme, en vacances à Biarritz avec son mari, qui marcherait le long du rivage et s'éloignerait, franchirait la digue, passerait sur la plage suivante, ne se retournerait jamais. À côté d'elle se déploierait un bord de mer au Pays basque. Idoya cherche les adjectifs et les verbes qui rendront, dans une description exacte, les convulsions du ressac, les miroitements d'argent au creux de la vague et la cartographie mouvante de l'écume. Elle travaille au crayon cette première page, elle aime la reprendre chaque jour, tâtonner, gommer un mot, en essayer un autre, s'aventurer dans une nouvelle phrase, revenir. Certains matins, elle recommence tout, les versions s'empilent, cette première page, elle le sent, sera une œuvre en soi. La jeune femme n'en finit pas de s'éloigner, mais le paysage sur sa gauche est toujours pauvre, curieusement pauvre, et inerte, désespérément inerte. On dirait que les mots figent ce qui, sur l'océan, change sans cesse, se brise et s'engloutit, le long renflement de la vague, l'essaim de l'écume qui ondoie sur sa crête, l'instant de la destruction, la retraite chuintante de l'eau sur le sable aux reflets de métal.

Un soir, elle parle à Mike de cet empêchement et il l'écoute jusqu'au bout, son menton tremble, ses yeux larmoient. Il prend Idoya dans ses bras et lui dit qu'elle est une folle, une sainte.

Dans son journal, Idoya pressent que, pour dire précisément toutes les approximations du paysage, il faudrait mettre au point une prose elle-même hésitante, versatile, qui revienne sur soi et se corrige, un phrasé maritime où les indécisions de la houle seraient communiquées à la syntaxe. Bientôt, elle ouvre des parenthèses, s'engouffre dans des incises, égraine des séries d'adjectifs et sème des virgules. Il y a du bougé, c'est mieux, alors Idoya entre pendant quelques semaines dans un état de contemplation heureuse, ce moment si rare où l'écrivain a l'impression d'avoir harmonisé le langage et le monde. Mais cela ne dure pas. Lorsqu'elle se relit, elle commence à douter. Déjà, tout ça manque de mouettes. Et d'odeurs, terriblement. Le temps ne tremble plus.

Un jour de repos à Vientiane, à la bibliothèque de l'Institut français, elle pose son œil sur un roman paru tout récemment, le feuillette et finit par l'emprunter. Plus tard, elle confiera qu'une page l'a éblouie et laissée sans consolation. Dans *Plus rien que les vagues et le vent*, Christine Montalbetti écrit le Pacifique à Cannon Beach, dans l'Oregon, et Idoya sait dans l'instant qu'on ne peut pas mieux dire. La seule chose à faire serait de l'imiter. Elle abandonne.

Mike voit la peau de son équipière changer de couleur soudain. Elle devient blafarde comme chaque fois que le désespoir la frappe. Et comme chaque fois, Idoya enterre sa tristesse sous une joie retentissante. On la croise dans des karaokés et sur des pistes de danse, où elle déplie sans faiblir sa longue silhouette.

Elle a renoncé il y a quelques mois à écrire ce roman quand apparaît au bout du quai, tremblante et vaporeuse, la figure de Paul Marcillac. Son ami l'a dénichée en engageant un détective, ce qui pourrait flatter la fugitive, sauf que la prestation n'a coûté que 300 euros, en deux heures et quatre coups de fil c'était plié, Idoya n'est pas loin d'en être vexée.

Deux années ont passé depuis qu'elle a quitté la France. Elle ne reconnaît pas la voix de Paul, il lui semble plus élancé qu'avant. Croyant bien faire, son ami s'abstient de l'interroger sur le mobile de sa disparition. Maintenant qu'il a résolu l'énigme, Paul répète qu'il est heureux d'être là mais la regarde sans trop savoir quoi ajouter. Il donne des nouvelles de gens dont elle n'a gardé qu'un souvenir diffus. Leurs visages sont brouillés comme si sa mémoire recevait mal les signaux du passé. Bientôt, tous les deux flottent dans ces retrouvailles, déçus devant leur conversation laborieuse, leur amitié ballante. Alors, pour contourner leurs silences, ils attrapent au vol les premiers sujets, qui les entraînent sur des terrains mal connus où ils deviennent étrangers à eux-mêmes. Idoya s'entend proférer des généralités à propos de l'Asie, Paul a soudain une opinion sur tout.

Il doit reprendre un avion dans dix jours. En attendant, on visite un ou deux temples, on sue dans une étuve, on sirote des coconut shakes au-dessus du Mékong en regardant les eaux boueuses qui charrient des arbres déracinés et parfois un cadavre de vache au pelage crayeux. Puis, s'insurgeant contre sa fadeur de jeune Français trop sage, Paul réclame des excès dont ils pourraient se souvenir et Idoya l'entraîne dans les nuits de Vientiane. Ils se saoulent, font la course sur des mobylettes qu'ils ont louées, fréquentent de jeunes types louches, peut-être des contrebandiers, et une presque bagarre avec des expatriés anglais rend enfin tout son éclat à leur amitié. Le bateau de Mike doit repartir, Idoya se fait porter pâle. Un car emporte les deux Français vers le sud, à Savannakhet.

Là-bas, des inondations les cloîtrent à l'hôtel, où ils devisent, assis en tailleur sur leurs lits, réconciliés, aimants. Paul écoute Idoya lui parler longuement de cette première page qu'elle n'a pu achever. Mais c'est la marque du talent, insiste son ami, de souffrir plus que les autres des infirmités du langage. Idoya hausse sans doute les épaules. Elle souffre depuis trop longtemps pour en tirer fierté.

Paul raconte, lui, sa vie d'écrivain maintenant exposé, les mesquineries des rivaux de son âge, les courbettes d'anciennes gloires et la flamboyance d'une éditrice qu'il hésite à rejoindre. Il agrandit les caractères et Idoya se surprend à l'écouter avec plaisir : les histoires de ce petit monde vain deviennent, dans la bouche de Paul, des contes exotiques.

Encouragé, il parle enfin de son frère, même s'il s'était promis d'être si élégant, si magnanime, qu'il n'en dirait pas un mot. Quand il évoque leur bagarre au Salon du livre, il ne manque pas de se camper, lui, en petit coq éructant, et à cette habile dérision il ajoute de longs développements, calmes, compatissants, sur les épreuves que doit traverser Simon, allant jusqu'à, beau joueur, lui trouver des excuses, tristesse et frustrations, il est terrible d'être fui par le succès dans tout ce qu'on entreprend. On imagine que la pénombre noie maintenant la chambre où Paul et Idoya se sont réfugiés en attendant que la mousson s'apaise, on imagine que Paul, ne voyant plus le visage d'Idoya, la croit déjà ralliée. Alors, dans la nuit, sa colère, doucereuse, le fléchit et les mots tombent, drus, courtes décharges de haine à l'endroit de Simon, pourquoi se gêner.

Idoya écrira que Paul n'était venu la retrouver que pour ce moment-là. Elle le regarde avec pitié et elle finit par le lui dire. Il n'est pas sûr d'avoir bien entendu, alors Idoya le répète. Elle aime bien Paul mais ça, non, ces phrases qui voudraient la manœuvrer, tous ces efforts voyants pour la gagner à sa cause, c'est lamentable, objectivement. Paul étouffe, il veut quitter la chambre, mais une crise le terrasse à cet instant, il se rue vers la pièce d'eau attenante et Idoya, pour éviter tout embarras, descend dans le hall de l'hôtel. La virée laotienne de Paul s'achève ainsi, dans les borborygmes hideux échappés de son postérieur, tandis que, accroupi au-dessus des toilettes derrière la cloison trop mince, fiévreux, il se vide, plus humilié par les mots d'Idoya, il le dira, que par la soudaine démission de ses intestins.

Les Écrivains parfaits

2. Suzanne Brederode

Suzanne Brederode (1958-1993) ne figure pas dans les manuels de littérature. Son nom est pratiquement oublié. Elle est citée dans quelques ouvrages savants consacrés à François Marly ou Franck Venaille, qui la fréquentèrent un temps.

C'est à la faculté de lettres qu'elle a laissé les preuves les plus tangibles de son existence. La thèse qu'elle soutint en 1986 réévaluait l'œuvre de Francis Vielé-Griffin et montrait brillamment quelle influence capitale elle avait pu avoir sur son contemporain Stéphane Mallarmé. Malheureusement, les deux exemplaires du mémoire qu'elle remit à la bibliothèque de l'université ont été égarés. On estime que Suzanne ne manqua pas de les faire disparaître, avec le reste.

Peu de gens savent que la modeste universitaire se considérait avant tout comme une écrivaine. Étudiante, Suzanne pouvait rédiger jusqu'à cent pages par semaine, mais elle ne montrait rien de ce qu'elle produisait : ce n'étaient que des ébauches, disait-elle, rien qui valût la peine.

En 1988, elle prit part avec d'anciens étudiants de la Sorbonne au lancement d'une revue, dont elle faillit signer l'éditorial. C'est à cette époque que Suzanne parla pour la première fois d'un projet, son « grand œuvre » comme elle disait, vers lequel tous ses efforts étaient tournés. Quelqu'un lui demanda si elle ne voudrait pas en publier ne serait-ce qu'un extrait. Suzanne éclata d'un rire qui parut orgueilleux.

Sa plus proche amie, Sophie Paulsen, fut la première à prendre connaissance de la teneur de ses travaux. Il s'agissait d'écrire un vers alexandrin. Mais ce vers, plus bref qu'un haïku japonais, aurait la beauté d'une apparition, la force d'une évidence, la densité d'un aphorisme, le prix d'un bijou rare. Ce vers se suffirait, et suffirait à faire de Suzanne Brederode une écrivaine fondamentale. Elle serait l'autrice de quelques mots sus de tous, d'un Memento mori, d'un Connais-toi toi-même, une vérité que l'on répéterait de siècle en siècle, sur les lits de mort, devant l'autel, à l'oreille des puissants, comme un viatique universel, la vérité dernière.

Autant que Sophie Paulsen pût en juger, l'affaire commençait plutôt mal. Suzanne tenait à prendre pour point de départ un alexandrin dont elle avait rêvé : « Il naît d'une beauté qu'inventeront mes songes. » Elle s'accordait à trouver le vers faible. Mais il fallait bien commencer quelque part.

Dans l'année qui suivit, Suzanne rencontra Jérémie Grenier, dont elle tomba très amoureuse. Elle ne cacha pas que l'événement influença considérablement son œuvre et, mi-gênée mi-fière, fit découvrir à Paulsen la nouvelle version de son alexandrin : « Tu es d'une beauté que pressentaient mes songes. » Toute rencontre amoureuse serait ainsi, selon les exégètes, révélation objectivée d'un idéal qui l'aurait devancée. Mais les célibataires, les mal-aimés ? demanda Paulsen. Quel usage feraient-ils d'une telle déclaration ? C'est vrai, finit par admettre Suzanne. L'amour n'est pas l'affaire de tous, certains n'y goûteront jamais. Elle devait trouver mieux.

En 1990, Jérémie la quitta brutalement pour Sophie Paulsen. « Dans toutes les beautés se mire le mensonge », écrivit Suzanne Brederode au cours de l'hiver suivant. On imagine, peut-être un peu trop simplement, que sa déception amoureuse lui inspira une loi-programme des relations humaines, soumises à la duplicité, à la parole fallacieuse, aux idéaux truqués. Toutefois, elle n'entretint plus personne de l'avancée de son projet. Elle se doutait que les mois à venir jetteraient sur sa table de travail, comme chaque fois, un éclairage lugubre et que le vers paraîtrait blanc, infirme, superflu.

Au terme d'une année qui la vit négliger ses cours, ses relations et son hygiène, Suzanne obtint : « Au cœur la pureté démentie par les lèvres. » Décidément, de sa séparation, elle ne se remettait pas.

Ce n'était rien encore de flagrant, cependant son œil fixe, ses cheveux dépeignés et son teint jaunissant laissaient penser qu'elle s'était mise à boire. Sophie Paulsen, qui ne la voyait plus mais s'inquiétait de l'état de son ancienne amie, après tergiversations, résolut de lui écrire.

Elle reçut une dizaine de mois plus tard, en manière de réponse, un nouvel alexandrin : « Et tu n'es qu'un vortex dément i par les zèbres. » Le lendemain, elle apprit que Suzanne avait démissionné de son poste à Paris 7 et frôlé l'internement.

Elle eut par hasard quelques dernières nouvelles, durant l'été 1993. On lui raconta que Suzanne invectivait les passants et marchait pieds nus dans la rue. Sans revenus, elle survivait on ne sait comment. Sophie Paulsen décida de faire quelque chose, quoi encore elle l'ignorait, mais Suzanne ouvrit sa fenêtre et mourut cinq étages plus bas.

Romanesque, Sophie Paulsen chercha malgré tout à savoir si Suzanne ne tenait pas, dans le secret de son poing, un dernier vers griffonné. Aucun témoignage ne permettait de le penser. Toutefois, la mère de Suzanne lui apprit que dans l'appartement vide, où ne restait pas un livre, pas un texte, pas une chaussette, pas même une casserole, sa fille avait laissé sur le sol une feuille raturée. Rien n'y était plus lisible, à l'exception d'une dernière ligne, dont on ne savait ce qu'elle pouvait signifier. Le cœur battant, Sophie Paulsen demanda si elle pouvait l'entendre. La mère dit qu'elle enverrait une photocopie, plutôt.

On y devine à peine les vers précédant le dernier, et tout en haut celui où les zèbres démentent, qui a subi ensuite une mutation progressive. « Zèbres » est remplacé par « ténèbres » à peu près au milieu de la feuille. D'une encre épaisse, Suzanne a barré chaque étape, hormis la dernière, détachée par un grand espace blanc. On supposa que par cet écart elle entendait signifier qu'elle avait trouvé finalement ce qu'elle cherchait, le vers définitif, son vers. Il est écrit, en caractères majuscules : « VOUS N'ÊTES QU'UN ORGUEIL MENTI PAR LES TÉNÈBRES. »

Sophie Paulsen espéra autre chose au verso. Celui-ci était vierge. Elle reposa la feuille devant elle. Par acquit de conscience, elle vérifia dans sa bibliothèque. Elle convenait que le vers était beau, mais ce n'était sans doute pas le meilleur qu'ait écrit Mallarmé.

11. Paul

On le voit protester contre la chasse aux clandestins, la guerre faite à l'intelligence ou la réforme des retraites. De plus en plus souvent, ses opinions remplissent des tribunes. Il apparaît à la télévision, où il dénonce les ravages d'une guerre économique qui ne dit pas son nom. La bourgeoisie française est sa cible de choix. En 2009, lorsqu'un magazine fait sa couverture sur les artistes engagés, il figure au centre de l'image. D'être ainsi distingué redouble son élan. Il aide à monter des tentes sur le quai de Jemmapes, puis à occuper des immeubles vides au nom du droit au logement. Une formation de gauche pense à lui pour les européennes, mais il répond hautement qu'un écrivain ne *parlemente* pas.

Au début de la décennie suivante, il lit les essais du philosophe Bruno Latour et sa colère migre vers d'autres fronts : les zones humides où l'on veut élargir des routes et construire des lotissements, les littoraux et les forêts, Gaïa. Il laisse entendre qu'il fréquente un groupe d'action semi-clandestin, qu'il organise des blocages de dépôts pétroliers et fait partie, en tête des cortèges, des combattants masqués qui défient la police. Tout est faux, certains s'en doutent déjà.

À cette époque, il aimerait qu'on dise de sa vie qu'elle n'a jamais mis la littérature à la première place. Il le répète à Idoya quand il la rejoint au Laos. C'est sa manière, sûrement, de supporter le Goncourt. Il n'ose pas l'avouer mais ce succès lui est venu trop tôt. Si ses deux premiers romans avaient chacun du style, il ignorait encore quel écrivain il voulait être. Maintenant, cherchant toujours, il a le sentiment d'errer dans l'ombre de ce prix comme un prisonnier tourne dans la cour d'une forteresse. Il doit s'en échapper avant qu'il soit trop tard. Trois ans après *L'Amour debout*, Paul publie un roman d'anticipation, *4,2*. Dans ce cauchemar aux accents orwelliens, il imagine une tyrannie d'un genre nouveau : la fiabilité des citoyens, notée sur une échelle de 1 à 10, régit toute leur vie, de l'obtention d'un prêt bancaire aux possibilités de rencontre amoureuse. Pour sortir de la caste des 4, un père de famille étranglé par les dettes prépare un faux acte héroïque, grâce auquel il espère se hisser parmi les 7. Paul a fourni beaucoup d'efforts, sans doute trop, pour que ce roman soit étranger au précédent. Les phrases sont privées d'adjectifs et les personnages de noms, le livre est un monolithe glacé, dépourvu du moindre dialogue, saturé par les pensées obsessionnelles de son protagoniste. Quoique déconcertée, la critique accorde à Paul le courageux mérite d'avoir su se renouveler. Les ventes suivent.

Quelques semaines après la sortie du livre, dans une manifestation de soutien aux journalistes russes, il rencontre une avocate, Sylvia Tournel, avec laquelle il aura une fille qui portera un prénom basque : Matxalen. La peur d'être un mauvais père le réveille au milieu de la nuit. Pris d'angoisse, il se voit infliger à l'enfant des blessures. Il consulte un psychologue, on enquête sur son passé, de mauvais souvenirs remontent mais il n'en force pas les secrets. Il sera le père qu'il peut, plus impatient et plus sévère qu'il ne l'avait imaginé.

La famille s'installe sur les hauteurs du vingtième, à Buzenval, dans un grand appartement bientôt résonnant de disputes. Matxalen n'a qu'un an quand ses parents se séparent. La rupture est d'abord une pièce assez laide, avec sms acides et scènes houleuses devant la crèche parentale. Mais Paul rend les armes et s'adoucit. Il dira plus tard qu'il n'y avait pas assez de place dans sa vie pour héberger une autre haine que celle qu'il nourrit à l'égard de son frère.

Parfois, il rêve qu'il court, des soldats le pourchassent, on entend tout autour la grêle obstination des armes automatiques. C'est la guerre d'Espagne et il est l'un de ses héros. En proie à des insomnies de plus en plus sévères, il se fait prescrire des remèdes puissants, dont, dans quelques années, il ne pourra plus se passer.

En 2013, il découvre qu'on peut avoir, sur Facebook ou Instagram (les principaux réseaux de l'époque), une sorte de tribune permanente et gratuite. Parfois, c'est une simple photo qu'il publie, de son ordinateur sur une table avantageusement située, de rivages sans nom où ses vacances se devinent, d'un tableau de Frans Hals admiré à Berlin. Le plus souvent, ses publications sont copieuses. Elles explorent tous les genres connus : au fil des ans, il apprend avec beaucoup de tristesse la mort d'acteurs et d'écrivains qu'il n'oubliera jamais ; honoré, reconnaissant ou simplement heureux, il remercie des journalistes avant de citer longuement les articles élogieux qu'ils ont écrits sur lui ; il découvre l'ascendant que l'on gagne à présenter comme évidentes des vérités paradoxales – tout serait politique dans les romans de Jean Echenoz et rien n'est plus contemporain que Pierre Michon. Surtout, il explique ce qu'on devrait penser des événements en cours. Il sait, dans ce ministère, être à la fois catégorique et vague, ce qui lui vaut d'être apprécié.

Un deuxième enfant, Arturo, naît en 2015 de son union avec Maria Friedmann, une paysagiste qu'il aime fébrilement pendant trois ans, peut-être parce qu'elle laisse l'impression qu'une partie d'elle sera toujours inaccessible, irrévélée, manquante comme des pages au milieu d'un livre. Aimanté par ce mystère, il semble à Paul qu'il côtoie non pas un être vivant mais l'idée un peu floue que l'on s'en fait, une présence à demi engainée dans le monde, même lorsqu'il l'embrasse ou l'étreint. Puis ce manque l'inquiète, le déçoit, il raconte qu'il dort près d'une Lol V. Stein et décrit un quotidien écrasé de solitude. Quand Maria lui annonce sa décision de s'en aller, il a cette impression qu'elle est déjà une inconnue. Plus tard, même lorsqu'on lui présentera des photos qui les montrent ensemble, il peinera à se convaincre qu'ils eurent une vie commune.

Dans la période grise qui suit cette rupture, il écrit pour le théâtre *Demi-jour*, une succession de monologues murmurés par de jeunes voix évanescentes, dont certaines appartiennent à des androïdes incapables d'aimer. Sa crainte d'être sentencieux et un peu facile s'allège à peine devant le succès que la pièce remporte. Il commence à penser, quand il reçoit des compliments, quand il lit des superlatifs, que le monde est mal fait.

Dans ces années-là, son frère n'est presque plus rien pour lui, une pensée sans contour, un ectoplasme. Par élégance ou par hygiène, il ne parle plus de Simon, mais il est probable qu'il cherche son nom une ou deux fois par an sur Internet pour s'assurer que rien d'enviable n'a lieu dans la vie de son frère, qu'aucune gloire ne s'y montre, aucun événement qui le rehausserait. Le temps passe, Simon reste un fantôme. Lorsque des amis communs le situent en Syrie, où il aurait rejoint une milice kurde luttant contre les djihadistes, Paul veut se persuader que son frère aura tout inventé de cette aventure bien trop grande pour lui, pour nous tous.

Soudain, en 2017, et sans que rien l'ait annoncé, Simon est de retour en France, un nouveau livre est programmé pour le mois de novembre, il racontera son Kurdistan. Alors que Paul n'arrive à rien, et qu'il se fait dans sa vie un grand silence, *Journal du feu* est remarqué. Une plume du *Monde* salue une littérature « qui sent la poussière du désert et le métal brûlant des armes ». Paul suffoque. Ce frère qui l'accuse à tort de plagiat, qui est venu l'agresser en public, ce frère détraqué profite maintenant des complaisances du milieu en toute impunité. Chaque article élogieux que Paul découvre lui fait l'effet d'un ralliement à l'ennemi. Il parle du livre de Simon à des critiques qu'il connaît, ils en disent du mal avec difficulté, *Journal du feu* est réussi.

Abrité derrière des pseudonymes, Paul poste sur différents sites des avis ravageurs et, chaque fois qu'il le peut, attribue au récit de son frère les notes les plus basses. Ces attentats ne changent rien. Alors il ne dort plus et se néglige. Une douleur persistante plombe le creux de sa poitrine et son bras gauche s'engourdit. Il consulte des spécialistes, mais on peine à cerner son mal. Certains jours, pour se trouver un antidote, il fait des dépenses, parle d'apprendre à piloter des avions, s'achète une Chevrolet Chevelle et des bottes en daim rouge. Un matin de décembre, pris d'un malaise, il s'effondre en pleine rue. Une maison de repos l'accueille pendant quelques semaines sur la Côte d'Opale.

À ceux qui prennent soin de lui, Paul confie qu'il se sent, à trente-huit ans, aussi épuisé qu'un vieillard. Jamais il ne passera l'hiver. Sa voix leste les mots de *h* supplémentaires où pèse toute sa fatigue. Son cerveau, murmure-t-il, a ralenti. Il souffle qu'il est *hexténué* et qu'il en a *hassez*. Et depuis combien d'années n'a-t-il pas été traversé par une révélation dans l'ordre de la beauté, une de ces rencontres majeures comme quand il découvrait Tristan Egolf, ou Radiohead, ou *Raging Bull* ?

Se voyant chaque jour plus proche de mourir, il envisage de lire de grands livres qu'il a abandonnés faute d'avoir su les aimer, *Moby Dick*, *Le Maître et Marguerite*, les romans de Julien Gracq et de Virginia Woolf. Mais il pique du nez au bout de quelques pages. Puis on lui dit qu'il va mieux. Le temps est venu de quitter la maison de repos et de se mettre à un nouveau projet. Si on le lui demandait à cet instant, il aimerait certifier qu'il écrit parce que les livres peuvent changer le monde, ou pour une autre raison suprême, et non par habitude, parce qu'il ne sait faire que cela et que, sans l'écriture, il aurait peur de n'être rien.

12. Simon

Là-bas, entre eux, ils ne parlaient pas du passé, ou à peine. Et il avait aimé, aussi, que dès le premier jour on lui conseille de se trouver un autre nom. Il s'appellera Sibê, ce qui veut dire *demain*.

Après quelques séances d'entraînement, on perçoit ses capacités. Il vise plutôt bien et il est calme sous le feu, quand la plupart des recrues tremblent. On lui confie une Kalachnikov, une unité de volontaires étrangers l'accueille près de Serikani et quelques semaines plus tard il avance dans le désert au milieu d'eux, inspecte des maisons inhabitées, prend d'assaut un village, tire sur des fanatiques qui ont quinze ou vingt ans de moins que lui. Le soir, il boit du thé autour des feux de camp avec des marxistes kurdes et des Occidentaux appelés par cette cause plus grande qu'eux. Chaque mois, il envoie un court message à ses parents pour leur dire qu'il va bien.

De jeunes femmes en treillis croisent sa route. Il écrit dans un carnet qu'il a fait l'amour avec l'une de ces combattantes, même si c'est interdit. Elle s'appelle Guilda, ils se sont promis de manger une glace à Paris lorsqu'ils auront gagné la guerre. Vie simple et persévérante. Il endure sans se plaindre l'hiver dans la montagne. Tous les soirs, il apprend quelques mots de kurde. Parfois, un match de football s'organise. Les balles tuent quand on ne s'y attend plus. Ses larmes coulent devant les cercueils d'amis dont il ne sait presque rien. Les Kurdes reprennent Tabqa, il festoie avec eux, puis il se blesse à un genou. Ne pouvant plus combattre, il doit rentrer.

Il occupe pendant plusieurs mois un studio à La Baule sans qu'on sache bien de quoi il vit. Il donne alors peu de nouvelles aux quelques amis français qu'il a gardés depuis son départ en Syrie. L'écrivain Julien Blanche est l'un d'eux. D'après lui, Simon essaie de retourner au cinéma, mais il ne tient pas dans la salle plus de quelques minutes. Peut-être est-il à cette époque hanté par ceux qu'il a tués, même s'il ne cesse d'affirmer le contraire. La nuit, racontera-t-il plus tard, certains silences le réveillent et il a l'impression de flotter au-dessus de son lit. Le jour, il écrit plus lentement qu'il le voudrait ce dont il se souvient. Les odeurs et les bruits de la guerre l'ont quitté les premiers. Il relit, dans un carnet :

le soupir des maisons qui s'effondrent

mais ces mots ne lèvent plus le moindre son. Quant à la mémoire des combats, il dit qu'elle s'efface sitôt qu'ils prennent fin. Dans la zone où la mort peut frapper, sous les secousses de la peur, les sensations se mêlent et, comme s'ils se heurtaient, l'espace et le temps taillent l'un dans l'autre des creux et des trop-pleins.

Simon assemble des phrases mais elles ne coïncident pas. Il sait maintenant que l'écriture est un effort toujours inabouti ; les bons écrivains, il l'a lu plusieurs fois, sont ceux qui échouent juste un peu mieux que les autres. Alors il raconte comme il peut, dans un style serré, la langueur de l'attente, les veillées d'avant combat, la placidité souriante de certains Kurdes et la forme solide que prend la vie au contact de la guerre. Il disperse aussi quelques notes d'humour dans son récit – car il a vu là-bas des scènes si insensées qu'elles en devenaient drôles. C'est l'un des passages du livre dont ses lecteurs se souviennent : un matin, son unité capture un Français de Daech portant des clés autour du cou, le jeune djihadiste explique qu'elles lui serviront à ouvrir les portes du paradis si jamais saint Pierre n'est pas là. « Il croyait en Allah, beaucoup moins en son concierge », commente Simon. Son *Journal du feu* trouve preneur chez Perrin.

Plusieurs critiques littéraires n'ont pas oublié la furieuse empoignade des frères Marcillac au Salon du livre. Même s'ils n'ont rien lu de lui, le nom de Simon reste entouré pour eux d'une agréable aura de dinguerie. Quand, sur les tables des librairies, l'écrivain réapparaît en homme d'action revenu d'un pays où l'on risque sa vie pour des idées, les comptes rendus tombent et les interviews se succèdent.

Le plus souvent, elles ont lieu par téléphone. Dans ces années-là, Simon évite obstinément Paris, la ville retient l'écho de ses échecs. Une invitation à la Maison de la Radio, pour une émission qui ne se refuse pas, le contraint à y retourner. Arrivé à Montparnasse, il rentre la tête dans les épaules et marche d'un pas rapide le long des tunnels souterrains. À l'une de ses amies, il raconte qu'il a ce jour-là l'impression d'avancer en territoire hostile, où tout prend la teinte sombre de ce qu'on ne possède pas. Il croit apercevoir son frère sur le quai du métro, à Ségur, puis un peu plus tard dans un couloir de la radio. Il dit que chaque fois ses poings se serrent.

Les journalistes qui interrogent l'aventurier craignaient de tomber sur un type sermonneur et tout enflé de ses exploits, mais Simon ne se vante de rien. Si l'on mentionne son courage, il répond que le courage n'existe pas, il n'y a que des peurs qui vous empêchent plus ou moins d'agir. Lorsqu'on lui demande où il a trouvé la force de s'engager, il parle d'un reportage sur Daech entendu à la radio et de l'envie qui l'a soulevé à cet instant. Une révolte contre lui-même, explique-t-il en une formule commode, quand, à certains de ses proches, il avoue qu'il ne sait toujours pas comment il s'est retrouvé là-bas, ni pourquoi il s'y est senti à sa juste place.

À écouter cet homme aux yeux clairs qui a vu des cadavres et qui en a semé, qui peut maintenant expliquer comment déloger un sniper et pourquoi il est plus sûr d'entrer dans un immeuble abandonné en passant par ses fenêtres, beaucoup se sentent amoindris mais admiratifs, un peu jaloux mais ensorcelés. Simon fait plusieurs fois salle comble dans les festivals littéraires où il est invité. Son éblouissante consistance tranche avec l'aspect de ces autres hommes, mous de contours, gris de figure, qu'on assoit sur des estrades afin qu'ils glosent longuement leur plus récent ouvrage. Ignoré par les prix mais entouré d'éloges, *Journal du feu* connaît deux réimpressions, une sortie en poche et une traduction en italien.

Simon est sans doute touché lorsque, deux ou trois fois, des lecteurs lui parlent de la scène du bombardement, si fourmillante de détails, ou au contraire de certaines pages, la mort de Rojan, le départ de John, dont la sécheresse délibérée les a beaucoup émus. Mais, le plus souvent, on lui demande ce qu'il ressentait au moment de lancer une grenade ou si ses frères d'armes sont encore en vie. Il répond sans impatience. D'autres livres viendront où l'on remarquera un écrivain qui sait manier les mots. En attendant, il tient enfin un succès, dix-sept ans après son premier roman publié. Il voudrait dire qu'il y est indifférent, mais ça ne serait pas vrai. Son père l'appelle pour le féliciter et dans sa voix d'homme malade, sifflante et courte, Simon entend peut-être quelque chose comme un soulagement, le monde après tout n'est pas si imparfait.

Plusieurs éditeurs se renseignent : retournera-t-il au Rojava ? Ira-t-il défendre ailleurs une autre cause souveraine ? Sur Instagram, des inconnus recommandent son livre. Un couple de libraires l'invite à Montpellier, trouve un prétexte pour le faire dormir chez eux et lui propose de faire l'amour comme s'ils devaient périr le lendemain.

Sa mère parfois lui téléphone. Elle aimerait que Simon vienne plus souvent les voir, la santé de son père vacille. Simon répond qu'il descendra bientôt, dès qu'il aura un moment. Il peut jouer à l'homme affairé maintenant qu'on le réclame un peu partout. La vérité est que Bayonne aussi le rebute, il ne se sent bien que dans des endroits nouveaux.

Son père meurt en janvier 2019. Simon écrira qu'à la morgue il lui a semblé plus petit et menu que lorsqu'il était vivant. Il observe le visage bleuâtre. Derrière ses paupières closes et ses lèvres pincées, le mort a l'air de réfléchir à une énigme.

Rentré en catastrophe d'une tournée en Allemagne, Paul finit par les rejoindre. Sa voiture de location se gare dans l'allée de gravier. Simon le regarde par la fenêtre. Ils se saluent dans la cuisine, de loin, avec leur mère entre eux. Paul annonce qu'il ne pourra pas rester aussi longtemps qu'il le souhaiterait, on l'attend dans un festival, impossible d'annuler. Il tient la main de sa mère jusqu'au parvis de l'église, mais il n'y entre pas. Durant la cérémonie, Simon lit un texte d'hommage. Maintenant que son père n'est plus là, il voudrait qu'on lui reconnaisse des mérites hors du commun.

Lors de la petite réception qui suit, il devine la silhouette de son frère sur les bords de son champ de vision, une ombre noire aux contours flous, maléfique. Soudain, leur mère se sent faible, la tête lui tourne et Simon doit la soutenir. Paul s'approche. Les deux fils étreignent leur mère. Dans son dos, leurs mains se rejoignent et se serrent.

Paul annule son billet de train. Les frères passent la nuit dans la cuisine à lamper un alcool fort. Ils se racontent sans détour leurs dernières années. Simon dit que la Syrie était sûrement une échappatoire, après une période sinistre dont il ne garde aucun souvenir précis. Paul avoue qu'il se sent devenir fou, mais lentement, à pas comptés. De plus en plus, il lui arrive de mentir sans raison valable, sans plaisir non plus, simplement pour vérifier que d'autres vies restent possibles.

Leur séjour au Pays basque se prolonge, officiellement pour aider leur mère. Pendant qu'elle se repose, ils vont marcher tous les deux dans la montagne ou retournent faire du feu sur la plage. La mort de leur père a balayé leur haine et derrière ce rempart ils retrouvent des sentiments qui ne pouvaient être détruits. Ils s'aperçoivent qu'à distance, durant toutes ces années, ils ont éprouvé des enthousiasmes, des colères et quelques dégoûts communs. Ne se trouvant pas de génie, ils tombent d'accord pour dire que personne n'en a manifesté depuis trente ans, à part peut-être Chris Ware et Cormac McCarthy. Puis, dans leur jubilation à tout détruire, ils abattent les statues des anciens maîtres, Flaubert leur paraît à présent trop cruel et Proust trop ouvragé. Ils se souviennent que leur enfance était splendide et, pour le plaisir de les nommer, ils convoquent un cortège sans fin de détails, au rythme des Tu te souviens.

De temps en temps, ils marchent dans leur quartier. L'hypermarché s'est agrandi, d'autres lotissements se sont créés, un incinérateur s'élève désormais sur leur terrain de cross. Mais au milieu du pont qui franchit l'autoroute le garde-corps n'a pas été changé. On peut encore y lire, à peine bruni, le graffiti FUCK JEAN ANOUILH qu'Idoya y a gravé en 1994, l'année du bac de français. Les frères Marcillac se souviennent d'elle, de son chapeau de gangster, de ses diatribes sidérantes. Que devient-elle maintenant ? Ils trouvent le moyen de la joindre à Vientiane, où elle travaille comme barmaid, et lui apprennent qu'ils viennent de se réconcilier. La voix d'Idoya est hachée mais elle semble heureuse pour eux. De sa vie, elle ne dit presque rien, sinon qu'elle a relu Flaubert tout récemment. *Madame Bovary* lui a paru beaucoup plus émouvant que dans son souvenir, le personnage du mari trompé surtout. Les frères Marcillac font mine de s'indigner, Flaubert est un salopard, dit Simon, un médecin légiste, ajoute Paul, et maintenant, à presque dix mille kilomètres d'écart, on prend plaisir à s'engueuler sur un sujet qui n'en vaut pas la peine, comme de vieux amis qui ont la vie devant eux.

13. Paul

« Mais en fait j'avais pitié de lui, confierait-il vingt ans plus tard dans un vm envoyé à son fils Arturo. Il voulait que je l'aime, j'en étais incapable, et je voyais ses yeux d'animal triste, et je me disais : quelle importance, ce que je pense de lui, quelle importance, ses accusations à la con + le coup de boule qu'il m'a mis dans la gueule au Salon du livre. Et j'avais juste envie d'être à mes propres yeux quelqu'un à qui je serais content de serrer la main. Alors je l'ai accueilli de nouveau dans ma vie. Ça te répugne, peut-être ? Mais si tu n'aimes pas la pitié, si la pitié te fait l'effet d'être un sentiment sale, c'est que tu n'as toujours pas compris, ou que tu ne veux pas voir, ce qui nous lie les uns aux autres. Je ne crois pas que personne m'ait jamais aimé, mais plusieurs ont eu de la pitié pour moi, et c'était doux, c'était agréable, ces gens-là m'ont fait du bien. Bien sûr, j'aurais préféré qu'ils m'aiment, ou au moins qu'ils m'admirent, mais leur pitié, honnêtement, c'était déjà pas si mal. Pas un palace, d'accord. Pas un taudis non plus. Un deux-étoiles. Et moi aussi, j'aurais voulu aimer plus de gens, et les aimer plus fort, mais la pitié que j'ai distribuée, c'est le meilleur que j'aie donné de moi au bout du compte, ce qui m'a le plus rapproché du genre d'homme de bonne volonté que tu aurais voulu avoir pour père. »

Cette confession, typique du dernier Paul, doit être lue avec prudence (l'écrivain aimait se dépeindre à la fin de sa vie en homme plus malveillant qu'il n'avait été) : après leur réconciliation, les Marcillac connaissent, semble-t-il, un temps de vraie fraternité, sur laquelle flotte le parfum des amitiés renouées. Une fois par semaine, ils se retrouvent devant l'église Saint-Eustache, d'où ils se lancent dans des marches à travers Paris. Ils discutent de littérature, de football, d'amour et quelquefois de politique (ils paraissent alors, mais comme la plupart de leurs contemporains, peu inquiets des avancées de l'ultradroite). Bientôt, des projets anciens se raniment. Et s'ils fondaient enfin la revue dont ils ont si souvent cherché le titre ? Ils parlent aussi de créer, à Bayonne, ce festival qu'il faudrait consacrer aux brouillons littéraires et aux romans inachevés. Finalement, ils s'associent pour un projet d'envergure plus modeste et qui ne dépend que d'eux : ils vont écrire un livre à quatre mains. En charge des chapitres impairs, Paul commence.

Melville et Cooper raconte l'histoire de deux super-héros sur le déclin depuis que des pouvoirs surnaturels se manifestent chez leurs contemporains, si massivement qu'on parle d'une épidémie. Tant de personnes parviennent à voler qu'il faut instituer un Code de la route pour les déplacements célestes. Chacun doit obligatoirement déclarer ses aptitudes en préfecture, où l'on immatricule des cohortes d'hommes invisibles et de femmes incassables, de guérisseurs, de télépathes ou encore de lanceurs d'éclairs. Concurrencés par cette inflation de prodiges, Arthur Melville et Jean-Baptiste Cooper décrochent de moins en moins de missions, qu'on leur propose à des tarifs toujours plus insultants. Comme leur situation devient précaire, ils vivent de maraudes et trompent leur ennui en imaginant ce que serait un monde où tous ces dons disparaîtraient. Un jour, justement, une organisation secrète les contacte : accepteraient-ils de tester un vaccin contre l'héroïsme ? Les notes laissées par les frères Marcillac donnent à penser que, ponctué de rebondissements et de méditations sur la vieillesse, le roman aurait été burlesque quoique teinté de mélancolie. Mais ils ne vont pas au-delà du cinquième chapitre. La rédaction traîne durant l'été 2019, tandis que Simon entreprend un grand voyage en Afrique, puis est interrompue en 2020 par le Premier Confinement, qui envoie Paul dans une belle maison sur l'île aux Moines alors que Simon reste enfermé dans son deux-pièces parisien. Pendant quelque temps encore ils se promettront de terminer ce livre, un jour.

À la sortie du confinement, Simon s'éprend de la chorégraphe Clara Marsan. Elle déplaît à Paul sans qu'il puisse expliquer pourquoi ; entière, ambitieuse et mordante, elle lui ressemble certainement trop. De son côté, il alterne périodes de célibat heureuses et histoires compliquées qu'il ne fait rien pour rendre simples. Depuis le milieu des années 2010, il a pris le pli de mentir avec tant de constance que même ses proches amis peinent à séparer la légende et les faits. Il aime altérer des détails dans les récits les plus anodins et enveloppe ses phrases de mystère, laissant entendre à ses compagnes successives que sa vie n'est pas tout à fait sûre et qu'il serait sans doute plus prudent pour elles de s'éloigner de lui. Avec ces fables à rallonge, il séduit puis fatigue, on le quitte souvent.

Le désarroi le gagne. Il va avoir quarante-deux ans et la vieillesse lui envoie ses premiers signaux. Ils n'apparaissent, note-t-il, que par intermittence, comme le faisceau d'un phare. Sur certaines photos, il voit que la peau sous son menton se distend, que les golfes de son front se dégarnissent ou encore que son ventre, autrefois si sec, présente un léger renflement. Pourtant, lorsqu'il s'inspecte au miroir, son reflet sur le qui-vive lui renvoie l'image d'un Paul qui a toujours trente ans. Plus il scrute ce flatteur et plus il s'en méfie.

À chaque proclamation d'un nouveau Goncourt, il a l'impression qu'on jette sur son cadavre une pelletée de terre. Il se méprise de l'aimer, mais la reconnaissance le rassure et lui fait croire à son talent. Maintenant il a peur, la nuit surtout, qu'elle se dérobe et qu'on l'oublie. Ses livres ont plu le temps d'une saison puis sont passés, comme ceux des autres. Il n'a pas écrit son *Monde selon Garp* ni son *Réparer les vivants*. S'il veut durer, il faut occuper le terrain.

Il s'astreint à écrire au moins mille mots par jour, dès le réveil, six jours sur sept. Il fait paraître un livre tous les ans et contribue frénétiquement à des revues (onze nouvelles publiées pour la seule année 2020). Cette discipline lui rappelle sa khâgne, il est heureux lorsqu'il ne vit que de travail. Sur le mur de son bureau, il a fait peindre une consigne inspirée de Jack London : « Poursuivre l'inspiration avec un gourdin. »

Cependant, il croit maintenant savoir que talent et labeur ne suffisent jamais. D'autres l'ont dit, un écrivain doit mettre ses scrupules de côté s'il veut qu'on le lise et l'estime. Chateaubriand, Hugo, Zola : derrière chaque géant national, explique Paul sur un ton de regret, se cachait un manœuvrier travaillant sans relâche à établir sa renommée.

Il écume salons et soirées, se fait inviter partout et offre ses services à ceux qui pourraient lui en rendre. Sur Facebook et Instagram, il ne manque pas une occasion de dire le bien qu'il pense de certains auteurs en vue, dont il obtient parfois des compliments quand à son tour il sort un livre. Trois fois par an, il envoie un mail impromptu à des critiques littéraires pour leur signaler qu'il vient de quitter ébloui, et probablement même grandi, les études qu'ils ont publiées à l'occasion d'une retraduction de Joyce ou du *Quichotte*. Il courtise aussi les libraires, en likant avec assiduité leurs posts, et plus encore la faculté : il rêverait qu'on lui consacre une journée d'étude ou un dossier dans une publication savante, avec des termes de narratologie.

Son travail d'écrivain est acharné, mais rapide. *Le Bruit de la ville en hiver* puis *Subsistances* souffrent de faiblesses de composition et le style, efficace, a perdu toute richesse de coloris. Son nom est encore une rente, ses romans s'écoulent à des niveaux satisfaisants, mais Paul ne s'en contente plus. Il voudrait un coup d'éclat, un livre événement, un deuxième Goncourt peut-être. Oui, gagner deux fois le Goncourt serait tout à fait merveilleux.

À en juger par sa correspondance, il place beaucoup d'espoir dans la parution de *Moteurs fantômes*, auquel il a travaillé pendant toute l'année 2022. Il a pensé qu'il devait lui aussi écrire son grand roman américain sur les ravages du capitalisme et sur les ruines de Detroit. Il imagine qu'une entreprise de bio-ingénierie résout le problème du surendettement en proposant aux habitants les plus démunis des « saisons zombies » grâce auxquelles, privés de tout besoin élémentaire, ils feront des économies. Mais les morts-vivants métaphoriques de Paul arrivent tard, on a déjà lu ça. Même s'il compose des pages splendides sur les friches ensauvagées de North End ou de Mack Avenue – descriptions d'autant plus admirables qu'il n'a jamais mis les pieds là-bas –, on l'aimait mieux avant, lorsqu'il n'écrivait pas comme un pétitionnaire. Le livre se vend moins bien que les précédents et cette fois les critiques en dissèquent les faiblesses.

Relisant des passages de son roman, Paul blêmit devant ce qu'il appellera, dans son autobiographie, « de la bouillie de catéchèse ». La nuit, quand le sommeil le fuit, il recopie des paragraphes entiers de Gabriel García Márquez et cherche la formule du triomphe dans les livres des autres, ceux d'Haruki Murakami, de John Irving ou d'Emmanuel Carrère. Parfois il rouvre son Goncourt et doit lutter ensuite, des jours durant, avec la pensée qu'il ne peut plus faire aussi bien.

L'urgence de plaire lève ses derniers scrupules. Persuadé qu'un écrivain doit entretenir sa légende, il choisit d'écrire la sienne dans les tons les plus noirs. On ne respecte pas les gens aimables, professe-t-il, ceux qui ne veulent pas prendre la place et qui s'efforcent de rester corrects et qui ne font peur à personne. Forçant le trait, Paul devient odieux. Il cherche pour ce tempérament une compagnie idoine, fréquente les cercles les plus fielleux, les écrivains les plus féroces. Et puis une légende réclame de briller. Deux fois par an, il loue pour la soirée un grand appartement rue Réaumur, où il organise des fêtes munificentes avec DJ rigoureux, danseuses professionnelles et coupes de champagne en pyramide. En fin de soirée, il s'assure presque chaque fois de déclencher un esclandre ou une bagarre, qui se conclura par l'expulsion spectaculaire de sa victime. Une partie du monde littéraire lui témoigne le respect, parfois l'adoration, que l'on croit devoir aux connards, mais il récolte aussi d'endurantes inimitiés. Revenue en France, Idoya, qu'il ne fréquente plus, lui écrit qu'il s'égare. Il répond sèchement qu'il n'a jamais eu peur, lui, de se salir les mains.

Cependant, il faut croire que le carriérisme n'est pas un vice à la portée de tous : d'après ses amis, Paul semble, quoi qu'il en dise, embarrassé par ses propres intrigues. D'autant que Simon peine à acquiescer devant les calculs de son frère – ou s'il le fait, c'est avec trop de tiédeur peut-être.

Paul le répète partout, Simon est un esprit pur dont il admire l'intransigeance, même si elle le voue à l'obscurité. Mais un autre sentiment le pénètre, au retour d'un week-end passé en Normandie avec son frère et sa compagne. À Trouville, où il a loué pour eux trois un grand Airbnb, Paul a tenu à saluer l'un des écrivains français les plus en vue de leur époque. Mathias Énard est de passage sur la côte pour signer son dernier roman, les frères entrent dans la librairie, la file d'attente est longue, Paul la contourne sans une hésitation. Dans un texte autobiographique récemment découvert, Clara Marsan raconte cet épisode et dépeint Paul en « petit marquis qui couvrit le grand écrivain de compliments bien tournés, avant de lui demander quand il pourrait le recevoir dans son émission » (Mathias Énard animait alors, sur une radio publique, un rendez-vous hebdomadaire consacré à la littérature). L'embarras doit être palpable, Paul devine ou croit deviner le regard de Simon sur lui. La fin du week-end est tendue.

Maintenant, il est certain que son frère désapprouve sa conduite et que Clara lui murmure des consignes de mépris. Il déteste cette femme qui le fait se sentir indigne et la honte tourne en irritation et l'irritation déborde vers son frère, qui garde le silence mais doit penser comme elle. L'humilité de Simon lui devient insupportable, Paul se persuade qu'elle déguise un orgueil aussi grand que le sien. Quand son frère l'appelle, il décroche rarement son téléphone ou trouve des prétextes pour reporter puis annuler leurs rendez-vous. Lorsqu'il apprend sa séparation d'avec Clara Marsan, Paul n'a pas un mot de réconfort pour Simon et lui assène qu'il s'est trompé, comme souvent sur les femmes qu'il a cru aimer.

La rupture entre les deux frères est proche. Paul la désire sans aucun doute. Leur période d'apaisement lui a imposé un régime contre-nature, où il s'est engourdi. Quand il aime son frère, il ne se reconnaît plus.

On est bien renseigné sur le Paul de ces années-là grâce à la correspondance qu'il entretient avec Lena Williams. La jeune écrivaine d'origine anglaise cherche auprès de lui des conseils alors qu'elle travaille à son premier roman. Si, dans ses mails, Paul lui dispense quelques préceptes (des évidences prévisibles, il le dit lui-même, sur le devoir d'écrire ce qu'on aime immodérément), leur conversation devient bientôt plus personnelle. Lena confie à l'écrivain ses problèmes d'addiction, tandis que Paul s'étend peu à peu sur sa « rage de réussir » et sa relation si particulière à son frère. Le 31 juillet 2023, il écrit à sa correspondante : « Il existe, dans notre civilisation, une loi qui nous ordonne d'entretenir pour nos frères et sœurs une affection ardente, en vertu du lien que créerait le fait de grandir sous la même férule et de partager sans l'avoir voulu des caractères génétiques. Je me suis durablement soumis à cette loi. J'ai essayé de toutes mes forces d'aimer un frère à qui je sers de repoussoir, mais qui voudrait me garder près de lui pour contempler de temps à autre un être qu'il veut croire inférieur. Jusqu'à tout récemment encore, j'étais pour lui une substance euphorisante, un remède contre le cafard du dimanche soir, quand le monde ressemble à une grande place vide, quand l'air que tu respires alourdit tes poumons et qu'il ne te reste plus que le secours de cette pensée magique : il existe à la même heure, sur un autre plan d'existence, une version dégradée de toi-même, un toi plus vil et plus misérable que toi. Quel réconfort, alors, si tu pouvais le tenir sous ta main ! »

Lena observe que ses sentiments pour son frère animent Paul d'une éloquence qu'on dirait « trempée dans l'encre la plus noire », et lui demande s'il faut se laisser mener par ses passions pour écrire, ou au contraire leur résister. Paul répond qu'il n'écrit jamais mieux qu'en colère et que, s'il consacrait un livre à Simon, il signerait sans doute son chef-d'œuvre. L'histoire voudrait maintenant que Paul et Lena deviennent intimes, peut-être même amants, mais leurs messages s'espacent, ils ne se croiseront jamais. Paul se rapproche soudain d'une autre femme, une femme qu'il n'aime pas, c'est certain, et avec laquelle il ne passera que quelques nuits : Clara Marsan.

14. Idoya

Elle rentre en France quelques heures avant le Premier Confinement, en mars 2020, et gagne en toute hâte la maison de son père, qu'elle n'a pas vu depuis treize ans. Bien vite, elle doit admettre son erreur. Devenu monologuiste dans la solitude de ses dernières années, le vieil homme remplit leurs journées de récits exténuants. Et quand ses souvenirs ne l'inspirent plus, il devise sans fin sur la politique argentine, les errements de Boca Juniors ou le complot des laboratoires qui ont fabriqué ce virus (le Covid l'emportera un an plus tard).

Pour lui échapper, Idoya erre dans le quartier plusieurs heures par jour, même si c'est interdit. Souvent, elle descend jusqu'à l'entrée du pont qui enjambe l'autoroute – les règles en vigueur lui défendent d'aller plus loin. Parfois, elle aperçoit de l'autre côté un homme de son âge, large d'épaules, qui ne s'engage jamais sur le pont lui non plus. Ils se saluent de la tête, ils doivent sourire de cette étrange frontière qui les sépare à présent. Dans le silence, Idoya observe son visage bien taillé, ses yeux très noirs, son air de grande énergie. Il profite lui aussi de ces sorties quotidiennes pour se soustraire à une femme insupportable, Idoya l'apprend le matin où, bravant l'interdiction, elle franchit le pont pour échanger quelques mots avec lui. Cet homme, c'est Jérôme Sabéran, navigateur émérite et cinéaste sans le sou, drôle, curieux de tout. À quarante-trois ans, Idoya a l'impression de tomber amoureuse pour la première fois de sa vie.

Au bout de deux mois, comme le confinement prend fin, Jérôme quitte sa femme et rejoint Idoya dans un studio à Nantes, où ils vivent en reclus pendant quelques mois encore. Leur conversation est inépuisable, ils prennent de longues douches à deux, lisent *Libération* ou *L'Équipe* de la première à la dernière page, dorment souvent douze heures d'affilée et ne sortent que pour emprunter des livres à la bibliothèque ou acheter du riz, des œufs, quelques légumes en promotion. Ils s'initient l'un l'autre à des plaisirs nouveaux, Idoya découvre avec lui le cinéma de Kelly Reichardt et les séries scandinaves, Jérôme se convertit au culte qu'elle voue depuis peu à l'écrivain américain Joseph Mitchell. Le bonheur les foudroie longuement.

Quand l'argent finit par manquer, Idoya trouve à donner des cours de soutien et Jérôme fait un peu de manutention dans un hypermarché. Ils se rejoignent le soir sur le toit de leur immeuble, l'été s'attarde, ils improvisent un barbecue, lisent *Les Détectives sauvages* à la lumière de leurs lampes frontales et dorment là, dans la nuit claire de la ville.

Au printemps suivant, Idoya tombe enceinte. C'est un garçon, elle se réjouit et elle a peur, d'être trop vieille, de ne pas savoir faire, mais Jérôme l'apaise, il se sent prêt, son ancienne compagne ne pouvait pas avoir d'enfant alors que lui en a toujours rêvé. Georges naît le 17 décembre 2021. Au bout de quelques heures, Idoya devine avec soulagement qu'elle va aimer ce nouveau venu. Jérôme repousse un tournage en Colombie puis avertit son producteur qu'il abandonne le projet, il veut rester présent pour sa famille. Afin de subvenir à leurs besoins, il accepte un poste d'enseignant dans une école de cinéma de Nantes, rien d'exaltant mais le salaire est honnête et on lui a dit que les étudiants étaient très motivés. De son côté, lorsqu'ils finissent par obtenir pour Georges une place en crèche, Idoya reprend les cours particuliers. Mal rémunérés, ils permettent cependant au couple de boucler ses fins de mois et de s'autoriser, parfois, un restaurant ou un ciné.

Idoya retrouve aussi l'écriture, tard le soir, quand l'enfant dort. Jérôme l'encourage à préserver ce temps pour elle, deux heures au moins, ce n'est pas faramineux mais à ce rythme elle peut espérer boucler un roman court en douze ou dix-huit mois. Avertie de ses précédents échecs, Idoya lutte contre ses rêves de chef-d'œuvre et de révolution dans le langage. Il faut simplement écrire, vingt ou trente lignes par jour, ce n'est qu'un livre et il y en aura d'autres, il faut simplement commencer. Elle entame la rédaction d'un western français, où la Bretagne ressemble à l'Arizona. Une shérif vieillissante, Virginia Deck, refuse de quitter le village qu'une hors-la-loi et sa bande voudraient mettre en coupe réglée ; Virginia cherche des femmes prêtes à se battre à ses côtés, aucune ne lui ouvre sa porte. La couleur est sombre, une héroïne désemparée fait face à un monde muet.

Souvent, après quelques minutes à peine de travail, la tête d'Idoya dodeline. Son envie d'écrire l'a tenaillée toute la journée jusqu'à ce que, assise devant l'ordinateur, elle se découvre épuisée. Sa fatigue s'accroît encore lorsque, à compter de l'automne 2023, elle occupe dans une grande brasserie un emploi de serveuse, qui aide à financer la location d'un appartement plus lumineux avec une chambre pour l'enfant, l'achat d'une voiture, les services d'une baby-sitter, divers abonnements.

Chaque soir, Jérôme lui prépare une tasse de café, elle entend de l'autre côté du mur les éclats de voix d'une série qu'il regarde en attendant qu'elle le rejoigne, ses yeux pleurent de sommeil mais elle se presse d'écrire pour avancer un peu.

Elle délaisse les pages tourmentées de son western et entame *Des oiseaux sur la branche*, le récit plus simple de vacances qu'une adolescente de quatorze ans passe auprès de son père, dans une grande maison vide dont il est le gardien. Les phrases sont brèves, le ton est impassible. Jérôme lit le premier chapitre et des larmes lui montent aux yeux. Dans ce livre, Idoya peint de larges pans de son autobiographie. On reconnaît le père, exilé argentin qui continue de vivre sans bien savoir pourquoi, et sa fille un peu perdue, dont la timidité se cache derrière un aplomb de façade. Mais soudain, au milieu du troisième chapitre, la jeune fille pousse la porte d'une chambre habituellement fermée. De l'autre côté, elle découvre un portail conduisant vers un monde où séjournent nos doubles. Alors que l'adolescente hésite sur le seuil, Idoya se hâte de dresser une carte, inventorie des villes, des archipels et des forêts. Elle aperçoit des lacs gris acier, des ponts de glace, des montagnes ventées dont les neiges poudroient. Elle précise la généalogie des dynasties régnantes et surplombe des guerres en cours, des assemblées fiévreuses, des tours de livres et des brasiers où on les brûle. Son héroïne est emportée dans une aventure qui va tourbillonner sur plusieurs tomes, trois au moins, peut-être quatre, peut-être cinq. *Des oiseaux sur la branche* devient *Chroniques des sept cités* et Jérôme s'inquiète, sa compagne n'écrit pas vite, et pour écrire elle a si peu de temps. Idoya aurait préféré qu'il la soutienne sans la plaindre, mais les faits lui donnent raison : dans le courant de l'année 2024, ce livre est lui aussi abandonné.

Au même moment à peu près, elle accède enfin, par une connaissance de Jérôme, à des travaux d'écriture généreusement rémunérés. Les propriétaires d'un château dans le Médoc cherchent une plume pour rédiger les textes d'une plaquette où leurs vins seront célébrés, ils ont pour le beau style une considération qui voisine avec la piété. Après une semaine de travail seulement, Idoya perçoit ce que gagne une serveuse en trois mois. Puis ce sont d'autres châteaux qui la sollicitent, des fondations privées, un peu plus tard de grands restaurants et des maisons de mode. Jamais ou presque on ne discute les mots qu'elle choisit, encore moins les tarifs qu'elle ose réclamer. Sa cherté attire à elle des clients toujours plus prodigues, et elle doit feindre de ne pas s'étonner – c'est la règle tacite – lorsqu'on la convie, une ou deux fois par an, à déguster un grand millésime dans le chai du propriétaire, à se régaler d'un repas étoilé ou à visiter en groupe restreint une nouvelle exposition. De retour auprès de Jérôme, elle lui raconte ces rassemblements de nantis et tous les ridicules qu'on peut y observer.

Pour la première fois, elle fait des économies. Avec l'argent mis de côté, elle s'accordera bientôt six grands mois vides, sans un seul rendez-vous, sans la moindre contrainte, et elle écrira son roman. En attendant, Jérôme et Idoya commandent des étagères sur mesure, s'offrent quelques beaux livres, une théière en fonte, un bahut trouvé sur Selency, des échappées à Lisbonne et Copenhague. Jérôme accepte une promotion dans l'école qui l'emploie. Il a renoncé à la réalisation de documentaires ; un film vaut rarement, dit-il, les efforts qu'il vous coûte. En 2025, alors que le cours de l'immobilier s'effondre, le couple saisit une opportunité de s'installer, à dix kilomètres de Nantes, dans une maison moderne dont les baies vitrées ouvrent sur un vaste jardin. Le premier soir, ils mangent aux deux bouts d'une longue table et prennent, pour rire, l'accent des grands bourgeois.

Si tout continue ainsi, ils vivront un jour dans la quiétude des gens aisés, ces gens qui ne regardent jamais le prix du beurre ou du café, qui achètent plus de livres qu'ils ne pourront jamais en lire et pour lesquels une voiture en panne ou une chaudière à changer ne sont jamais que des contrariétés vite oubliées. Ils refuseront cependant d'avoir une piscine et d'acheter un SUV. Fidèles à leurs principes, ils ne goûteront qu'à des luxes discrets, la ligne épurée des couverts sur la table, la qualité sonore du home cinéma, la belle tenue du velours qu'avait recommandé la tapissière.

Mais gagner sa vie prend toujours plus de temps qu'Idoya ne l'avait imaginé. Et, grandissant, l'enfant adoré se mue en implacable occupant de ses journées. Certains matins, au réveil, un poids s'étend sur sa poitrine, elle suffoque, c'est comme si elle était trop pleine et trop vide à la fois. Le soir de ses quarante-neuf ans, malgré le repas de fête que Jérôme a préparé, elle reste sans pouvoir parler, comme prise de torpeur. Quand il lui demande ce qui ne va pas, elle hausse les épaules puis finit par souffler qu'elle n'a rien publié. Alors, avec son accord, elle prend la décision de repousser la plupart des sollicitations afin de retrouver chaque jour des heures pour écrire. Ils voyageront moins, ils feront attention de ne pas se ruiner en fromages ni en bons vins ni en vêtements superflus – rien de tout cela n'est important, affirme Jérôme, même si c'est un effort pour lui de s'y résoudre, Idoya le sent bien.

Elle s'assoit tôt le matin à sa table de travail, pour profiter des heures où elle se sait le plus lucide. Elle débranche sa box, éteint son téléphone, verrouille la porte derrière elle et visse dans ses oreilles des bouchons contre le bruit. Sur un nouveau carnet, elle prend de nombreuses notes pour un roman qui n'a ni titre ni direction précise, mais qu'elle aimerait voir dépouillé du moindre verbe, « paisible comme un lac de montagne, note-t-elle dans ces pages, et silencieux comme une journée sans vent ». Devant Jérôme, Idoya évoque la mainmise des verbes sur la phrase française, qui enjoint, si l'on y réfléchit bien, de produire des péripéties, encore et toujours de l'action. Elle voudrait faire le lien – ce n'est qu'une intuition encore – entre la tyrannie de la syntaxe et l'esprit du capitalisme. Jérôme secoue la tête, il a du mal à suivre, puis, comme Idoya se froisse de le voir réagir ainsi, il l'assure que ce n'est pas grave, elle fait ce qu'elle veut.

Quelques mois plus tard, il semble qu'Idoya ait travaillé sur un tout autre projet de livre, intitulé *Le Gigantesque Poids des choses*. Il aurait raconté la vie d'André the Giant (1946-1993), ce Français acromégale qui fut bûcheron puis devint une star du catch aux États-Unis et joua le rôle de Fezzik dans *Princess Bride*. Idoya rallume Internet et se documente et revoit des matchs de légende avec Ric Flair ou Hulk Hogan et projette de rencontrer la veuve d'André, d'anciens catcheurs, des journalistes qui l'ont vu donner des coups de tête ou enchaîner des suplex. De cette entreprise, il ne reste aujourd'hui qu'une vingtaine de versions de la première page (un jeune géant s'enfonce dans la forêt, une hache à la main).

Jérôme a accepté des heures supplémentaires dans l'école qui l'emploie, mais il est malheureux. Entre eux, certains dialogues froids, certains agacements préparent le règne prochain de l'amertume. Alors Idoya prend peur. Elle tient à Jérôme et à Georges, à cette vie qu'elle est en train de sacrifier pour écrire des livres qui lui échapperont toujours. Si elle y renonçait, ils pourraient encore se sauver, peut-être. S'ils partent, tout peut recommencer. Jérôme y croit lui aussi. Sans prévenir personne, ils revendent leur maison, ils achètent un vieux voilier, et par un jour de grande canicule, alors que la forêt des Landes est en feu et que Lyon est inondé, ils filent avec Georges en direction de la Polynésie, ils fuient la fin du monde, la vie matérielle, le temps perdu, leurs habitudes, ils fuient l'écriture maudite et qui dévaste tout, ils fuient le démon à leurs trousses, ils fuient.

Les Écrivains parfaits

3. Oihana Gutierrez

Hormis deux médiocres nouvelles parues dans le journal de son lycée, il y a près de dix ans, Oihana Gutierrez n'a encore rien publié. Cependant, de l'avis des quelques connaisseurs qu'elle a entretenus de son projet (et j'en suis convaincue comme eux), il s'agit d'une jeune femme à suivre de près, l'une des plumes les plus prometteuses des lettres espagnoles. Le livre qu'elle écrit est une œuvre totale, dans laquelle elle entend faire entrer tous les styles, tous les genres, toutes les époques et tous les sentiments. C'est ce que, selon elle, chaque écrivain qui se respecte devrait ambitionner : décrire la vie dans son entier, s'efforcer de tout dire, embrasser dans un même geste les siècles et les paysages, donner enfin un livre à la mesure du monde. Au lieu de quoi chacun, tous les deux ans environ, y va de son texte mineur, de son pauvre fragment, amputé sans raison de tout ce qui l'entoure et condamné à l'oubli, dans la bibliothèque des contributions infirmes.

Quelques contradicteurs lui citaient malgré tout Zola, Proust, Musil, Thomas Mann ou Georges Perec. « Intéressant, admettait Oihana, mais encore incomplet. » Son livre à elle ferait alterner prose et vers, écriture blanche et souffle baroque, divagations méditatives et relevés scrupuleux de la vie ordinaire. Il plongerait jusqu'au commencement des temps et remonterait patiemment le cours des civilisations, observerait la faune, la flore et le destin des pierres, lancerait à travers les siècles des personnages par cohortes entières, grands hommes et piétons obscurs, qui s'aimeraient, se quitteraient, s'entre-tueraient, discuteraient de tout, pratiqueraient tous les métiers, tous les arts, et couvriraient de leur incessante industrie le faisceau des affaires humaines.

« Quand bien même vous y parviendriez, observa-t-on alors qu'elle commençait, votre livre demeurera lui aussi lacunaire. Vos milliers de personnages ne font pas toute l'humanité. Et vous n'avez qu'un cerveau, qu'une langue, qu'une sensibilité. Vous resterez toujours prisonnière de vous-même. » À cette puissante objection, la jeune Oihana Gutierrez répondit que, en effet, son livre ne pourrait jamais tout à fait accomplir la tâche qu'elle lui avait assignée, mais que du moins il y tendrait comme aucun autre avant lui. Et elle persuadait ses interlocuteurs en égrenant les dispositions spéciales qu'elle avait prises dans ce but. Rédigé en castillan, son livre réserverait toutefois une page au moins à l'une des quelque six mille sept cents langues aujourd'hui répertoriées. Ce serait un livre-Babel, un livre-bibliothèque également. Les chefs-d'œuvre de la littérature mondiale s'y glisseraient sous forme de pastiche ou de citation déguisée. À l'Épopée de Gilgamesh, la Bible, Beowulf, le Mahâbhârata, les Analectes de Confucius, s'ajouteraient ainsi les huit ou dix plus grands textes de chaque culture nationale. De même, en combinant les neuf émotions principales de la typologie de Mannheim, les quatre âges de la vie, les sexes masculin et féminin, les sept périodes de l'histoire

humaine, les huit grandes zones géographiques mondiales (pôles compris), les quatre saisons, les dix grands genres littéraires selon Lukács et les trois registres fondamentaux décrits par Aristote, Oihana constitua une liste de quatre cent quatre-vingt-trois mille huit cent quarante histoires à raconter – chacune ne pouvant excéder la longueur d'une page, pour les raisons qu'on imagine. La première histoire, écrite le jour de son mariage et de ses vingt-trois ans, s'annonçait par exemple comme suit : AMOUR – ENFANCE – FEMME – PRÉHISTOIRE – AMÉRIQUE DU SUD – HIVER – ROMAN POLICIER – COMIQUE. Ce qui donne, assez simplement, l'histoire d'une petite fille de Cro-Magnon éprise d'un bûcheron porté disparu après une tempête de neige sur les hauteurs de l'actuelle Lima et qu'elle s'emploie à retrouver, en compagnie d'un âne à l'odorat très fin (cela pour bien marquer le ton comique de l'ensemble).

Écrire quatre cent quatre-vingt-trois mille huit cent quarante pages n'est pas chose aisée. Il faut ajouter au livre vingt-six ou vingt-sept nouvelles pages chaque jour, et ce pendant cinquante ans. Lorsqu'elle s'aperçut de cette difficulté, Oihana renonça à la variable des saisons, ce qui la mortifia mais fit avantageusement descendre à cent vingt mille neuf cent soixante le nombre d'histoires à raconter, et à six ou sept pages la cadence qu'il lui faudrait quotidiennement s'imposer. Grâce à la générosité d'un époux riche et convaincu de son génie, et au prix d'un refus obstiné de toute distraction, Oihana s'astreignit à ce régime durant les cinq premières années, jusqu'à l'été 2046, où on lui diagnostiqua un cancer du côlon.

Il lui parut particulièrement injuste que le hasard se mêle ainsi de contrarier son entreprise. Je suis si jeune, se lamentait-elle, et j'ai à peine commencé. Les examens et différents traitements devaient par la suite ralentir et parfois même bloquer pour plusieurs jours sa production. Elle accuse à présent un retard de huit cents pages environ sur le plan de marche initial. Son mal persistant lui laisse peu d'espoir d'atteindre les soixante-treize ans qui devaient, à l'origine, la voir accomplir son dessein.

Par souci de méthode, Oihana avait entrepris de rédiger son livre en suivant la chronologie. Les douze mille pages qu'elle a pour l'instant rédigées sont consacrées à la Préhistoire, dont elle est encore loin d'être sortie. Autrement dit, si elle venait à mourir bientôt, elle ne laisserait derrière elle qu'une suite d'historiettes exclusivement consacrées aux premiers hommes – œuvre conséquente, peut-être, mais sans rapport avec le panorama dont elle avait d'abord rêvé. Qui plus est, cette apparente obsession paléolithique ne laisse pas de la tourmenter, d'autant qu'elle n'est pas sûre d'avoir déployé là le meilleur de son talent. À vrai dire, la Préhistoire l'aura beaucoup ennuyée.

La jeune écrivaine et son mari ont récemment adopté un garçon de cinq ans, Diego, qu'Oihana a aussitôt entrepris d'éduquer. Peu importe que je meure, s'était-elle dit, il faut pour mon salut que le livre soit complété. Il lui apparut que la solution au problème de sa disparition prochaine était d'inculquer à un enfant le respect religieux de l'œuvre maternelle et le désir ardent de la poursuivre. Tous les jours, après l'école, et alors que Oihana, levée à l'aube, a terminé sa cinquième page quotidienne, Diego reçoit de sa mère une leçon d'histoire antique, suivie de la lecture d'un chef-d'œuvre étranger et de quelques exercices d'écriture créative ou de versification. Sur le coup de sept heures, la famille Gutierrez dîne d'un repas frugal, après quoi l'écrivaine retourne à son travail. Avant qu'il ne s'endorme, son père lit à Diego l'une des douze mille histoires déjà écrites par sa mère. Le garçon a ses préférées, qu'il demande souvent à réentendre. Il en est aussi qu'il déteste opiniâtrement, parce qu'elles l'ennuient, ou lui déplaisent pour l'une de ces raisons inexplicables qui guident parfois le goût des enfants. Les mains collées à ses oreilles, Diego se roule dans ses draps et refuse d'écouter.

De ces réserves marquées, son père n'a jamais soufflé mot à Oihana. Il ne voudrait pas l'inquiéter.

15. Paul

De sa brève histoire avec Clara Marsan, Paul ne voulut rien dire. Son autobiographie posthume évoque en passant l'ancienne compagne de son frère comme un « aimant noir, qui attirait à elle les âmes perdues » – Paul ne précise pas s'il s'inclut dans le lot des égarés. Mais il savait que cette liaison blesserait Simon lorsqu'il l'apprendrait. Maintenant que nous connaissons Paul, on ne peut écarter l'idée qu'il rejoignait l'appartement de Clara pour le seul plaisir d'y offenser son frère. (Clara Marsan, retirée dans un couvent possibiliste à partir des années 40, n'a jamais voulu commenter cet épisode de sa vie.)

Au cours du mois qui suivit, la voiture de Paul fut incendiée et son chien disparut. Quand on lui demandait s'il était responsable de ces méfaits, Simon secouait la tête. Sur la liaison entre son frère et son ancienne compagne, il disait simplement que, Paul lui ayant déjà volé l'idée d'un livre, il ne fallait pas s'étonner s'il éprouvait maintenant le besoin de piocher dans ses amours. Et Simon ajoutait en souriant qu'il avait acheté un deuxième cadenas pour son vélo, sait-on jamais.

Dans ces années, Paul tient sa cadence de production, six jours sur sept. C'est sa période la plus fade et il ne l'ignore pas. Qu'est devenu le jeune écrivain de quinze ans qui voulait croire que la littérature pouvait changer la vie des gens ? « L'appétit n'est pas là tout le temps, confesse-t-il au micro d'Eva Bester. À partir d'un certain âge, il faut le chercher un peu. Comme en amour. » Des trois romans qu'il publie entre 2025 et 2028, seul *La Troisième Hypothèse*, récit de la décennie qui suit une Première Guerre mondiale gagnée par les Allemands, se signale par son originalité. Pour se consoler, Paul aime répéter qu'il est un artisan, mais il n'est pas acquis que la posture de l'humble raconteur d'histoires excuse à ses propres yeux un manque flagrant d'idées.

Grâce aux ventes, aux traductions et aux adaptations, son train de vie demeure confortable. Une assistante rassemble la documentation nécessaire à ses livres, surveille son planning et l'escorte dans ses déplacements. S'il a délaissé les décors et pratiques de l'écrivain engagé, sa vie mondaine est toujours aussi brillante : dîners dans les derniers restaurants à la mode, soirées au théâtre, voyages à travers l'Europe pour accompagner la parution de ses romans, dialogues publics avec des écrivains comme lui bien établis. La renommée nourrit la renommée, cependant Paul s'acharne également à être détesté, et, quand certaines controverses faiblissent, il se crée de nouveaux adversaires en étrillant leurs livres partout où il le peut.

Plusieurs fois, pour se grandir encore, il doit affabuler. Au lendemain des attentats du 5 avril, il fait croire qu'il connaissait très bien l'un des instituteurs massacrés. Une autre fois, il prétend que les Marcillac ont du sang arabe, ce qui le rend plus sensible au sort des immigrés. Enfin, plusieurs de ses interlocuteurs comprennent qu'il est juif par sa mère et fait lui aussi partie de ces générations portant le deuil sans fin de morts qu'elles n'ont jamais connus.

À partir de 2026, il aime vivre comme un homme traqué. Il loue en secret un pavillon anonyme à L'Haÿ-les-Roses, où il dort deux à trois nuits par semaine. Il n'y entre et n'en sort qu'en jetant autour de lui des regards soupçonneux. Sa panoplie d'espion moderne est très conventionnelle : une casquette, des lunettes noires, une parka aux coudes élimés, quelquefois un attaché-case. Ses voisins peuvent l'entendre parfois, tournant dans son jardinet, qui discute à voix très basse au téléphone et ordonne qu'on le rappelle sur une ligne sécurisée. Si Paul fait l'objet d'un signalement au commissariat le plus proche, il semble que le quartier se soit assez peu soucié de ce solitaire vaguement désaxé.

Son imposture fonctionne mieux auprès de certaines femmes qui ont comme lui besoin de romanesque. Laconique, l'homme qui dit s'appeler Stéphane Popesco, Richard Paulhan ou Vittorio Trastevere leur livre à contrecœur une histoire qui varie peu : cet ancien agent de la DGSE a voulu briser le sceau du secret pour dénoncer une série d'assassinats ciblés, œuvre de collègues acquis aux intérêts des Russes ou des Chinois ou d'un laboratoire pharmaceutique américain. Sa hiérarchie lui ayant retiré tout appui, les vérités qu'il détient ne deviendront jamais publiques, et il craint pour sa vie. Ce danger imminent le rend fuyant, indéchiffrable, brutal parfois. Il annule des rendez-vous à la dernière minute, retrouve ses conquêtes dans des hôtels isolés, doit toujours partir plus vite que prévu et implore ces femmes – parce qu'il tient à elles – de garder le silence sur la passion qui les attache à lui. Sous le poids irrespirable du secret, les étreintes sont prodigieuses, les au revoir délicieusement poignants. De temps en temps, l'espion paraît retrouver le goût de vivre, son insouciance d'avant : on s'évade alors pour un week-end à Londres, et Paul veut tout voir, tout aimer, il blague avec les serveurs, il espère qu'un jour tout sera plus simple, et l'on s'enivre avec lui de ces quelques heures passées dans un monde ignorant. Lorsqu'il veut mettre fin à l'une de ces histoires, un complice, qui se présente comme l'un de ses derniers soutiens dans les services, passe un brusque appel pour annoncer sa mort dans un accident de voiture suspect. Effondrées, ses conquêtes doivent faire le deuil de cet amant nébuleux dont elles ne connaissent ni l'adresse ni le nom véritable. Certaines d'entre elles sont riches, elles ont payé le grand hôtel de Londres ou donné de l'argent à Paul. Plusieurs fois, il est proche de l'escroquerie.

Les remords lui restent étrangers. D'ailleurs, dans son autobiographie, il n'emploie pas le mot *mensonge* mais parle de *réinvention*. Si l'on voulait bien l'écouter, il en ferait un droit inaliénable. Comme tant d'imposteurs avant lui, il rappelle que ses histoires n'ont paru convaincantes qu'à celles qui avaient besoin d'y croire. Si quelques-unes ont dû se douter de la supercherie, elles n'ont pas porté plainte.

Le cas de Marthe Albanel, que Paul rencontre en 2027, est quelque peu différent. Cette veuve fortunée d'un industriel périgourdin devine assez rapidement quel genre d'individu est Paul. Grande lectrice, elle reconnaît peut-être son visage dès le début de leur histoire. Mais les escrocs sont du genre à la divertir. À l'une de ses amies, elle confie qu'elle trouve émouvant cet homme qui rêve encore d'échapper à lui-même.

Auprès de Marthe, Paul vit dans ces années-là ce qui s'approche le plus d'une histoire d'amour, quoiqu'elle connaisse orages et éclipses. Marthe a connu une jeunesse aventureuse en naviguant aux quatre coins du monde, et son mariage avec un constructeur de machines agricoles ne l'a pas assagie. Si elle présente tous les attributs de la grande bourgeoise domestiquée (chignon strict, tailleur-jupe, mains richement baguées), elle vit en mondaine du XIXe siècle, tient salon avec ce que le Périgord peut lui fournir d'artistes et organise parfois des soirées de spiritisme ou de sexe à plusieurs. Une fois par mois, elle passe quelques jours à Paris, où elle possède une mansarde ayant vue sur la tour Eiffel. C'est là que Paul commence d'imaginer son grand œuvre, qui deviendra *Le Cosmos à peu près*.

À presque cinquante ans, alors qu'il vient de publier *Le Dernier Libraire de Stalingrad*, sa carrière est stagnante. En 2028, son indice de notoriété ne le classe plus qu'au vingt-troisième rang des écrivains français, juste derrière Lola Lafon et Serge Joncour. Déçu, Paul reporte depuis peu son aigreur sur les livres eux-mêmes, ces objets plats, sévères, impénétrables et trop chers. Il réfléchit à d'autres canaux pour la littérature, envisage quelque temps de feuilletonner un roman policier sur l'un de ses réseaux sociaux, mais trouve que la lecture y est incommode et que le geste manque d'éclat.

On ne sait pas comment lui vient ce projet qu'il formule un jour avec exaltation : son prochain roman sera imprimé à la surface même du monde. Les paragraphes se déploieront dans le paysage sur des panneaux de trois mètres par deux, numérotés puis fixés à des mâts qui seront érigés à trois cents mètres les uns des autres. Paul choisit l'île de Groix pour accueillir cette expérience, un lieu vaste mais clos, lointain mais proche. *Le Cosmos à peu près* raconte l'histoire d'une spationaute, Adèle Cantor, qui rend visite à son mari, prisonnier d'une colonie pénitentiaire sur une île bretonne. Une tempête se lève, la liaison avec le continent est coupée, Adèle doit rester plus longtemps sur l'île. Elle y fait la connaissance de l'une des gardiennes. Un trouble s'installe entre les deux femmes. À la fin du roman, alors que la tempête fait toujours rage, Adèle aide son mari à s'évader mais décide quant à elle de rester là, auprès de la gardienne.

Itinérants, les lecteurs seront invités à suivre le récit dans l'ordre suggéré, du panneau 1 au panneau 344. Cependant, au gré de leurs vagabondages sur les sentiers de l'île, ceux qui le voudront pourront aménager des chemins différents dans cette histoire, chaque panneau étant conçu par Paul comme un module autonome, une œuvre en soi. Il imagine aussi d'ajouter des panneaux clandestins, dépourvus du moindre numéro, presque introuvables pour certains, bien visibles pour d'autres, et qui, une fois lus, modifieront la compréhension de l'intrigue ou des motivations d'Adèle. Il prévoit enfin que des panneaux devront être remplacés en cas de dégradation ou de vol, et qu'à cette occasion des réécritures furtives viendront altérer le récit existant. L'une d'elles affirmera par exemple qu'Adèle fait semblant d'aimer la gardienne pour rendre son mari jaloux et le pousser à s'évader. Une autre racontera, dans une anticipation au futur simple, ce qu'Adèle deviendra huit ans plus tard, quand elle retournera sur le continent et s'apercevra que le temps s'y est écoulé à une vitesse différente.

En octobre 2028, Paul est brisé de fatigue mais le texte est bouclé ; ce sera, il le sent, son chef-d'œuvre. Reste à fléchir un député, des conseillers généraux, la municipalité de Groix ainsi que plusieurs mécènes. Marthe en fait son affaire et puise dans sa fortune personnelle pour couvrir des frais qui augmentent sans cesse. C'est elle également qui s'occupe d'amadouer les écologistes insulaires. Début 2029, plusieurs séjours à Groix préparent le déploiement du livre. Un météorologue et une paysagiste japonaise sont engagés pour disperser au mieux les mâts-paragraphes ; on prendra soin de les dresser là où ils offrent le moins de prise au vent, qui peut souffler fort en hiver. Paul passe de longues heures à se pénétrer du bleu sombre et du vert clair de l'eau. Il écarte les bras, cette île est presque son île. Il va être heureux maintenant.

Le jour de l'inauguration est arrêté au 19 janvier 2030. Les attachés de presse et leurs IA ont beaucoup travaillé, la voix de Paul s'invite sur plusieurs radios pour évoquer l'événement et les réseaux relaient des vidéos sponsorisées. Elles promettent « une littérature ensauvagée, où les mots et les choses auront enfin une vie commune ». En répétant partout que l'objet livre est dépassé, Paul s'est mis à dos les libraires, mais il a intrigué une partie des journalistes. Le voyage est offert, la liste des invités se remplit. Bientôt, il faut en être, la télévision nationale et la ministre viendront, on prévoit une fête grandiose et décadente comme Paul Marcillac en a le secret.

La veille de l'inauguration, trois cent quarante-quatre invités malmenés par une forte houle débarquent enfin sur l'île. La soirée commence à vingt et une heures. Autour d'une ancienne tour de garde, d'énormes enceintes propagent les samples comminatoires d'un DJ d'Helsinki. On entend, par-dessus des chœurs diffractés, un battement régulier comme un compte à rebours. Malgré la bruine et le froid, les invités s'agitent en masse compacte sur les pelouses, à la lueur des torchères. Paul a fait venir du continent des danseurs au torse ciselé, une contorsionniste portant un masque mortuaire et des pilules de kétamine. Emporté dans cette fête d'aspect barbare (et dont bien des participants devaient exagérer, plus tard, le degré précis de débauche), chacun se sent devenir une version magnifiée de lui-même. Vers trois heures du matin, la transe bat toujours son plein quand Marthe prend Paul à part pour l'informer : un bulletin d'alerte vient d'être publié, des vents violents s'annoncent. Marthe propose de reporter l'événement, mais Paul secoue la tête dans un sourire flou.

Trente minutes plus tard, la ministre de la Culture est exfiltrée par précaution. Le vent a déjà forci et son hélicoptère zigzague dans le ciel comme un ivrogne. À l'aube, tout tremble, la tempête est sur l'île. Trois cent quarante-quatre étudiants étaient supposés retirer, sur les coups sonnants de midi, les voilages en lin bleu qui couvrent les panneaux. Un sms les avertit que l'inauguration sera sans doute retardée. À cette heure, quelques voiles ont déjà été arrachés. La pluie cingle, la tempête s'élargit encore, les nuages se boursouflent en roulant devant eux des ténèbres bibliques, le jour n'en finit pas de poindre ou de se retirer, on ne sait plus, des vagues immenses s'effondrent sur les côtes. Çà et là, les fils électriques rompus tournoient dans l'air comme des fouets. Les invités ont reçu l'ordre de rester à l'abri dans leurs hôtels, dont les fenêtres s'ébranlent chaque fois que des rafales de pluie matraquent les carreaux. Tandis que leurs yeux s'écarquillent devant ce déluge breton, si plein, si abouti, certains croient deviner un ciré rouge qui tangue sur la route. Sous le ciré, c'est Paul. Il marche vers le panneau n° 1, planté près de la plage de Poskedoul. Vacillantes, les cimes des arbres crayonnent le ciel en tous sens, le sol sous elles paraît se tordre, chaque pas de Paul tombe un peu au hasard et le souffle du vent disloque ses pensées. Il peut à peine ouvrir les yeux, mais il maintient son cap, contourne une fourgonnette abandonnée en travers de la route et soudain aperçoit un marteau géant qui tournoie dans le ciel en sifflant. Le projectile s'écrase à quelques mètres de lui. C'est le panneau n° 1, venu à sa rencontre sur les ailes du désastre.

Paul filme l'épilogue avec son téléphone. Sur l'image tressautante, dans une lumière bitumineuse, on aperçoit les mâts brisés, des voiles détrempés qui claquent sur ses paragraphes, les panneaux tombés à terre et bousculés, emportés dans la horde des vagues ou dispersés sur la lande comme des papiers gras. Et Paul, rincé, sale, fiévreux, Paul s'étrangle de rire.

Les médias de l'époque consacreront nombre d'articles, sévères ou railleurs, au récit de la catastrophe. Encore sous le choc, les invités relateront la terreur de l'attente et le retour effroyable sur la mer démontée. Des inventaires pointeront cruellement les mises en garde ignorées, la vanité de l'écrivain et l'impréparation de son équipe. À entendre la déception publique des mécènes, on croira qu'une bataille juridique aura bientôt raison du bouffon Marcillac. Puis, les semaines passant, aux critiques succéderont les enthousiasmes. J'y étais, diront certains, et ils sentiront qu'on les regarde comme des initiés revenus d'un mystérieux sabbat. Invités à poursuivre, ils souffleront qu'ils ont vécu quelque chose d'indicible et de puissant. Leurs témoignages, isolés tout d'abord, formeront le bruit de fond qui finira par s'imposer. Malgré sa séparation d'avec Marthe Albanel, Paul saura clore ce chapitre sans sombrer. Il tournera sa démesure en dérision, il s'adressera les traits les plus moqueurs. Puis, plus tard, il aimera dire que ce désastre fut sa plus grande réussite, son seul livre à peu près parfait : un roman de tempête emporté par la tempête, les mots et les choses enfin réconciliés.

16. Idoya

Elle n'avait pas trouvé, dans les îles, le moyen de sauver son couple.

Elle était rentrée en France au bout de quelques mois, et Jérôme avait proposé de garder leur fils avec lui, il pensait que Georges pourrait être heureux là-bas et elle savait qu'il disait vrai – qui voudrait élever sans ressources un enfant en métropole ? –, ça s'était arrangé ainsi, elle n'avait pleuré qu'une fois seule dans l'avion. De retour à Paris, elle avait cinquante ans et de petits sillons fripaient le tour de son nombril et elle eut le sentiment qu'il ne restait plus rien à vivre.

Pour tenir, elle fit un peu semblant, s'efforçant d'être enjouée, muselant ses pensées les plus sombres, et elle s'aperçut que vivre à la surface d'elle-même lui réussissait plutôt bien. Pendant deux ans, elle travailla dans une supérette du treizième arrondissement. La nuit, elle lisait tout ce qui lui tombait sous la main et notait dans ses carnets des idées pour de vastes romans, ignorant si elle les écrirait un jour, mais décidée à ne pas se le reprocher, elle avancerait désormais sans échéance, on verrait bien.

Après les attentats du 5-Avril, les tensions entre communautés s'étaient accumulées, ce qui devait profiter pour finir à l'ultradroite. Quand les élections anticipées portèrent Sébastien Heurtel au pouvoir, elle regretta de n'avoir pas voté mais ne rejoignit aucun des collectifs de résistance citoyenne qui se formèrent les mois suivants. Simon lui écrivit un mail à ce sujet, elle n'y répondit pas. Comme d'autres, elle préféra fuir un pays qui s'enlaidissait, un pays lovecraftien, disait-elle, et elle partit pour Madrid, où elle occuperait un poste de surveillante dans l'un des lycées français.

Elle était malheureuse au début, la ville lui paraissait laide et beaucoup d'Espagnols avaient cet air joyeux que la tradition leur prête, elle était blessée par leurs rires. Le week-end, elle traînait dans les musées, où elle se sentait bien. Dans l'un d'eux, elle admira longuement un paysage peint par Jacob van Ruisdael, la vue d'une campagne sous un grand ciel tourmenté. Tout avait trouvé sa place, dans un ordre à la fois immuable et vivant, et cela lui plaisait sans qu'elle sût dire pourquoi. Elle pouvait passer des journées entières dans les salles de ce musée, découvrant à chaque visite un tableau qui provoquait sur sa nuque un agréable picotement, la sensation d'une rencontre.

C'est sans doute là qu'elle fit la connaissance d'Oscar Langarica, un homme un peu plus jeune qu'elle. Il venait souvent voir les peintures hollandaises et ressentait lui aussi, pour un tableau de Govert Flinck, une attraction inexplicable. Elle découvrit au bout de quelques mois qu'elle se sentait très bien avec Oscar et même qu'il lui manquait, certains jours. Il avait un visage brun et sec, un port altier, un air solide. Après avoir perdu trois doigts sur un chantier, il travaillait à faire des diagnostics dans les immeubles, un emploi sans relief dont il ne se plaignait pas. Quand Idoya le regardait, il lui rappelait un garçon dont elle avait été amoureuse, à Bayonne, longtemps auparavant.

Elle raconterait, plus tard, qu'Oscar Langarica lui avait appris à aimer les bains dans les rivières froides et les marches silencieuses à la tombée de la nuit. Elle dirait aussi qu'avant de le connaître elle faisait l'amour sans appétit véritable. Elle n'avait encore jamais rencontré un homme ou une femme avec qui tout s'anime. Il restait allongé à côté d'elle pendant qu'elle se touchait, il lui caressait les cheveux et lui murmurait des choses crues en castillan. C'était bon. Ils ne vécurent pas ensemble, mais il s'installa dans le même quartier qu'elle pour la voir plus facilement. Elle se souviendrait de ces années madrilènes comme de la période la plus heureuse de sa vie.

En 2035, Simon vint lui rendre visite, elle vit le gris à ses tempes, les fines rides verticales sous ses yeux, mais fut soulagée de constater que, chez lui, l'impression de beauté ne s'atténuait pas. Elle devait l'écrire dans l'un de ses carnets, elle aurait voulu qu'il garde pour toujours sa splendeur de jeune dieu antique, afin que, échappant aux effets du temps, quelque chose de leur vie commune soit avec lui sauvegardé. Ils firent comme si la France n'existait pas et comme s'ils s'étaient déjà vus la veille, ils parlèrent des livres qu'ils avaient lus, des films qu'ils avaient aimés, du prochain roman de Simon, et Idoya dit qu'elle n'avait pas, elle, le moindre livre en cours et elle ne mentionna aucun projet, sauf peut-être, vaguement, celui d'ajouter à son recueil des *Écrivains parfaits* le portrait d'un couple d'automates qui produisaient des livres à une cadence élevée. Un matin, elle conduisit Simon jusqu'au tableau de Jacob van Ruisdael et, comme elle s'y attendait, il le trouva beau, pas davantage, et la rencontre n'eut pas lieu. Simon demanda si son fils lui manquait et Idoya fronça les sourcils, puis elle dit : Oui, bien sûr, mais elle évitait d'y penser. Elle savait, grâce à leurs rares appels, que Georges se plaisait dans les îles, qu'il grandissait joyeusement, ce sont les mots qu'elle employa. Elle était maintenant presque une étrangère pour lui, une tante qu'on n'a pas bien connue. Mais un jour Georges voudrait découvrir la France, alors ils se retrouveraient.

Simon fut abasourdi lorsque, un an plus tard, il découvrit dans une librairie des Batignolles un court roman, *Les Pâleurs de l'aube*, signé d'Idoya Bosz-Vidal. Il raconta qu'il avait pris le volume entre ses mains et s'était attendu à le voir aussitôt disparaître, comme un mirage se dissipe. Paul, de son côté, décrirait dans son autobiographie une commotion à peu près similaire. Nul ne sut jamais quand, comment ni pourquoi Idoya avait écrit ce livre. Elle semble n'avoir laissé derrière elle ni notes écrites ni brouillons qui pourraient nous renseigner. Son éditrice, chez Maertens, n'expliqua pas davantage le choix de la publier. Si l'apparition de ce roman stupéfia les Marcillac, il passa inaperçu pour le reste du monde ou presque.

Il n'y eut qu'un seul article, au demeurant mitigé, dans *Le Quotidien du médecin*. Quelques critiques littéraires se souvenaient avoir ouvert le roman. Mais le texte n'avait laissé aucune trace dans leur mémoire, sinon celle d'un style incolore et d'une intrigue convenue. Dans leurs témoignages respectifs, les frères Marcillac eux-mêmes s'avouèrent embarrassés par la lecture de ce livre. C'était, sur l'île de Wight, au cours d'un long hiver neigeux, l'histoire d'une liaison empêchée par les difficultés d'un homme à quitter son épouse. Dans les cent huit pages du roman, l'homme hésitait, ses nuits devenaient blanches et son amante perdait espoir ; la rupture était proche.

Tout se finissait bien. L'homme faisait le choix de l'amour vrai, encouragé par son épouse, elle aussi ayant admis que leur mariage n'était pas fait pour durer. S'agissait-il d'une parodie ou d'un pastiche ? Idoya imitait-elle pour s'en moquer les romans à l'eau de rose ou la littérature de bon plaisir qui triomphait à cette époque ? Le trait n'était jamais forcé, aucune dérision n'apparaissait, mais quelque chose, dans ce titre trop affecté qui ne lui ressemblait pas, inclinait Simon à penser qu'Idoya se jouait d'eux.

Il relut deux fois le livre, suspectant un dispositif savant, comme aurait pu le concevoir Georges Perec, l'un des écrivains qu'elle préférait. Il traqua des citations cachées, des palindromes, des doubles sens ou des rimes secrètes, mais il ne trouva rien. Fallait-il en conclure que, moins douée qu'il ne le croyait, son amie n'avait écrit qu'une romance médiocre, comme il s'en publie chaque semaine ? Simon ne put jamais tout à fait s'y résoudre.

Il écrivit à Idoya pour lui dire que cette lecture l'avait déconcerté, ce qu'il tâcha de tourner aussi favorablement que possible. Elle répondit, en quelques mots, qu'elle ne savait mesurer les mérites du livre mais se sentait soulagée d'avoir mis derrière elle ce rite de passage, le premier roman, sans lequel un écrivain n'existe pas même à ses propres yeux. Le mail de Simon laissait entendre qu'une clé de lecture lui avait manqué et l'invitait à élucider sa démarche, ce qu'elle ne fit pas.

Jusqu'aux récents travaux de la journaliste Ingrid Monnestier, on jugea que c'était un livre dépourvu d'intérêt. À vrai dire, ces jugements furent peu nombreux.

On l'oublia.

Les Écrivains parfaits

4. Esther et Benjamin

Les premiers écrivains mécaniques sont apparus à Londres, en 1865. Ils étaient deux, Esther et Benjamin.

On m'objectera sûrement que Pierre Jaquet-Droz, à la fin du XVIII*e siècle, avait déjà conçu un automate de ce type. Mais son « écrivain » n'était en réalité qu'un modeste copiste, qui couchait laborieusement sur le papier un petit texte établi par son créateur. Le système de composition aléatoire dirigée, mis au point par Ignatius Rourke, ouvrait de tout autres perspectives.*

Esther écrivait des poèmes. Son vocabulaire s'élevait à deux mille huit cents mots, qu'elle arrangeait en fonction de quatorze combinaisons syntaxiques et huit thèmes majeurs : premiers regards, amour déçu, solitude, marche nocturne, regrets, paysage matinal, impressions d'automne et Dieu. On estime qu'elle produisit, entre 1865 et 1875, vingt mille sonnets environ. Il est vrai qu'un lecteur savant pouvait y reconnaître les vers de Coleridge, de Wordsworth, de Lord Byron et de Thomas Campbell, qu'Esther adroitement mêlait et altérait par un jeu de permutations. Mais aux yeux de l'érudit, avait coutume de dire Ignatius Rourke, quel écrivain ne plagie pas ?

Benjamin était, lui, romancier. Il écrivait des récits psychologiques riches en péripéties, dans le style réaliste et larmoyant qui plaisait à son temps. Mise en place, complications, développement et résolution constituaient les quatre parts égales de ses ouvrages, chacune de ces sections se subdivisant elle-même en plusieurs scènes rédigées selon un protocole rigoureux :

– le héros arrive dans un lieu (exposition),

– le héros rencontre quelqu'un (interaction verbale, ou physique : baiser, combat, poursuite, etc.),

– le héros réfléchit (expression de sentiments),

– le héros acquiert un nouveau but intermédiaire (décision),

– le héros arrive dans un lieu,

– le héros rencontre quelqu'un,

etc.

Des deux écrivains, Esther fut longtemps la plus populaire, et l'on venait nombreux la voir travailler dans la boutique d'Earl's Court où Ignatius Rourke avait installé ses créations. Le bruit assourdissant des courroies, des poulies et des roues dentées qui tournaient derrière elles ne donnait que plus de grâce à ces deux têtes opalines, penchées, studieuses, sur la page, et que rien ne détournait jamais de leur patiente chorégraphie.

Lorsqu'il apparut qu'entre L'Abîme *de Charles Dickens et* La Grande Fosse *de Benjamin (publié deux ans auparavant) existait un nombre troublant de similitudes, le grand écrivain fut sommé de s'expliquer. Il reconnut avoir feuilleté l'ouvrage de l'automate, assura ne s'en être inspiré en aucune façon, admit qu'il était difficile d'en être absolument certain et, confus, finit par retirer de son roman les passages incriminés. La gloire de Benjamin était faite. Ses livres ne se vendirent pas beaucoup mieux*

– on les jugeait austères –, mais la foule se pressait désormais devant la boutique pour observer par la vitrine cette machine à qui Dickens devait un peu de son génie. Rourke s'enrichissait en élevant périodiquement le prix de la visite. La police comparait les romans de Benjamin et certains titres d'auteurs suspects. On prévoyait des procès.

Le premier écrivain électrique fut l'œuvre de l'Américain Joseph Tooth. Il s'appelait Herbert, possédait un lexique de quatre mille huit cents mots et rédigeait indifféremment poèmes, romans et mélodrames. Mobile, silencieux, colossal mais toujours élégant, Herbert sortait d'une tournée triomphale à travers les États-Unis. À Londres, où il était de passage en 1874, on admira la souplesse déliée de ses gestes, les irrégularités de sa graphie et surtout son style imaginatif, qui lui faisait écrire : « La rue se mure et me remue si je me tue à remonter, tortue du temps, tes escaliers. »

Au bord de la ruine, dans sa boutique désertée, Ignatius Rourke, après un moment d'abattement, décida de contre-attaquer. Il travailla jour et nuit sur Esther et Benjamin, derrière ses volets fermés. En janvier 1875, quand il rouvrit fièrement sa boutique, les passants découvrirent un spectacle inédit. Esther et Benjamin avaient augmenté leur cadence et pouvaient dorénavant noircir deux pages à la minute. Ils rédigeaient à la demande en anglais, en allemand, en français. De la main gauche, Benjamin était en mesure de disputer des parties d'échecs contre des joueurs de bon niveau, tandis qu'Esther, tous les quarts d'heure, entonnait des arias. Quatre employés se relayaient pour alimenter en charbon la nouvelle chaudière, et le moteur central tournait dans un fracas qui ébranlait les porcelaines du quartier.

Herbert reparut le mois suivant dans la capitale anglaise et Joseph Tooth étonna le monde en dévoilant ses nouveaux progrès. Car désormais l'écrivain électrique, entre ses phases d'écriture, se reculait dans son fauteuil et dissertait, d'une voix certes gutturale, sur le sens de ses œuvres et sur ses projets littéraires. Il répondait aux questions et suscita la polémique lorsque, interrogé sur le succès que rencontrait Thomas Hardy, il jugea l'auteur « souvent brouillon et mal inspiré ».

Trois mois plus tard, Benjamin écrivait en marchant sur une corde tendue à travers la boutique et Esther, qui avait blondi, se lançait dans le poème en prose. Mais plus personne ou presque ne s'attardait devant les vitrines d'Earl's Court. On annonçait pour bientôt la venue en Europe d'un robot philosophe et peut-être bien spirite.

Victime d'une surchauffe, Benjamin s'emballa et fit une mauvaise chute. Rourke eut beau tout tenter pour le remettre en état, le mécanisme était grippé. L'automate tremblait et n'écrivait plus très droit. Le jour où, de nouveau détraqué, il fut près de scalper le dernier employé, il fallut le démanteler.

Retiré avec Esther dans une ferme du Sussex, Ignatius Rourke finit par apprendre lui aussi que l'écrivain Herbert n'était qu'une supercherie : un complice de Tooth, dissimulé dans l'automate, le manœuvrait de l'intérieur. Rourke attendit quelque temps qu'on prît de ses nouvelles. Un financier, ou un promoteur de spectacles, s'intéresserait-il à lui ? Ne voyant rien venir que des rappels d'impayés, il décida de reconvertir Esther en implacable ménagère, armée de multiples brosses et d'un tour de main sans pareil pour les crêpes et les ragoûts. Il la louait à la journée aux riches fermiers des environs. Parfois, il arrivait qu'au milieu de ses tâches l'automate s'interrompît pour griffonner frénétiquement des vers ou chanter faux du Puccini. Appelé par des clients mécontents, Ignatius Rourke se penchait sur Esther et changeait au hasard quelque petite pièce, en promettant que, la prochaine fois, la machine aurait tout oublié de sa vie antérieure.

17. Simon

Après *Journal du feu*, il chercha un autre endroit où il pourrait combattre aux côtés d'hommes justes et en tirer, qui sait, un nouveau livre. Mais depuis l'effondrement du califat djihadiste le monde manquait d'ennemis fermement maléfiques. Simon lisait des articles, écoutait la radio, conversait avec des anciens du Rojava désirant eux aussi rejoindre un front nouveau. Aucun ne voyait où défendre, arme au poing, une cause irréfutable.

Alors, grâce à l'argent qu'il a pu mettre de côté, il s'essaie au métier adjacent d'écrivain bourlingueur. Il espère voir naître d'un voyage en Afrique un récit rempli de rencontres, de mystère et de réflexions sur les pouvoirs de la route. Il prolongera le sillon qu'il a commencé de tracer dans la littérature d'expérience et toute une vie suivra, l'Afrique d'abord, les autres continents ensuite, les steppes à cheval, les phares isolés, les galeries de mines, les marchés du monde entier, mille visages et autant d'histoires, qu'il rapportera dans une langue simple, une langue pour tous. On le paiera pour ça. Dans les librairies et les festivals, il verra, venues pour lui, ces foules françaises qui révèrent les Français voyageurs.

Le périple africain est aussi accidenté qu'il l'espérait. On lui vole ses papiers, il les récupère au terme d'une nuit passée à chercher un certain Fortuny dans des bars miteux de Tamanrasset, plus tard une fièvre l'anéantit, plus loin un vieux poète lui parle du dernier Rimbaud. Il se prend d'amitié pour un ancien enfant-soldat de Monrovia et manque mourir de soif quand le camion qui le transporte tombe en panne sèche sur une piste saharienne. Mais, rentré à Paris avec quelques kilos en moins et de nouvelles rides autour des yeux, il craint de s'égarer en écrivant un livre aux couleurs exotiques et parsemé de mots comme *palabre* ou *bariolé*. Il y renonce.

Quand, en 2022, la Russie envahit l'Ukraine, Simon hésite puis finalement refait son sac. C'est là-bas que ses lecteurs l'attendent, un éditeur l'en persuade, finance son voyage et lui verse une forte avance sur le livre à venir. Simon doit rejoindre un bataillon de volontaires étrangers. Sur la route de Donetsk, son car est pris pour cible par des tirailleurs russes, le conducteur est tué, les passagers s'échappent et courent vers la forêt. Simon n'a qu'un pistolet de petit calibre mais il les couvre en lâchant plusieurs coups de feu. Au camp, on l'accueille en héros et, le soir même, plusieurs journaux français se font l'écho de cet exploit. Simon ne dit à personne que l'escarmouche a brisé son élan. Pendant ces quelques minutes dans la zone de feu, il s'est vu mort, il a tiré sans viser, comme un soldat d'opérette, et il lui a semblé voir, au loin, le visage d'un jeune soldat russe grimaçant lui aussi d'effroi. En Syrie, tout était différent : Simon disait par modestie qu'il lui arrivait d'avoir peur chaque jour ou presque, mais des régions de son cerveau étaient certainement anesthésiées, l'idée qu'il allait mourir ne le visitait pas. Maintenant qu'il a quarante-cinq ans, la guerre le panique, il n'y remettra plus les pieds. Il regagne Paris le surlendemain et rembourse à l'éditeur l'argent provisionné.

Il se reproche d'avoir cherché à plaire, on ne l'y reprendra jamais. Dans *L'Usage de la parole* (paru chez Arléa), Simon imagine un bagagiste de Roissy se découvrant affecté d'une maladie étrange : il parle une langue que nul ne comprend sauf lui. Désespéré, l'homme trouve refuge dans un cimetière de voitures cependant que, çà et là, d'autres individus manifestent un syndrome similaire, dont un ancien Premier ministre, Lionel Jospin, et le pape de l'époque, François ; une nouvelle tour de Babel s'annonce. Sans explication finale ni véritable dénouement, *L'Usage de la parole* rencontre un modeste écho et les lecteurs qui attendaient de retrouver la prose électrique de l'aventurier sont déçus.

En 2028, son livre suivant, *Navires à la dérive* (toujours chez Arléa), est la description laconique de plusieurs bateaux naufragés, certains imaginaires, d'autres bien réels comme *L'Astrolabe* ou *La Méduse*. Dépourvu de personnage et d'intrigue, l'ouvrage est par avance condamné à occuper des positions marginales sur les tables des libraires et dans les pages des journaux. Simon affirme qu'il ne s'en préoccupe pas. Mais ce nouvel insuccès le désole. Il parle de prendre rendez-vous avec un marabout de la porte de Bagnolet pour se faire désenvoûter. On ne sait s'il s'y rend.

À cette époque, l'argent manque sans cesse, sans cesse il faut le recompter. Il déménage dans un deux-pièces humide, au quatrième étage d'un immeuble des Batignolles. Quelquefois, il vole un paquet de pâtes ou une boîte d'œufs dans les supérettes du quartier. Il vivote grâce à des résidences d'écriture et des petits boulots sur des chantiers. Il aime les hommes qu'il y croise, des étrangers au visage sévère, Polonais, Ukrainiens, Roumains souvent rivés à leur écran durant les pauses, mais qui lui paraissent plus réels et plus denses que lui. Il tombe amoureux de certains d'entre eux et vit un temps chez Andrzej Frankowski, un maçon de tout juste trente ans qui fondera plus tard une entreprise prospère dans le domaine des rêves connectés.

La mère de Simon meurt d'une crise cardiaque en 2029. Il croise son frère aux obsèques, cette fois leurs mains ne se rencontrent pas. Quand Simon apprend le désastre de Groix, il lit avidement sur Internet tous les comptes rendus qu'il peut trouver. Soulagé, il veut croire qu'à force d'être un salopard on finit par être puni. Puis le récit change de tonalité, Paul s'attire la sympathie que l'on porte aux perdants magnifiques et Simon, atterré, cesse de lire tout ce qui peut lui rappeler son frère.

En septembre 2031, l'écrivain Erwan Desplanques note dans son journal : « Vu Simon Marcillac en sortant de Montparnasse. Des poils blancs dans sa barbe, l'air défait. A voulu me parler du temps qui passe et d'Alain Souchon. Très confus. »

Plus éprouvé qu'il ne veut bien le dire par la mort de sa mère, Simon est atteint dans ces années-là d'une nostalgie étrangement approximative, qui lui donne le regret très vif des choses qu'il n'a pas le plus aimées. Il se souvient des soirées studieuses à la bibliothèque Sainte-Geneviève, peu à peu désertée, où chaque toussotement, chaque boiserie qui grinçait dans la grande salle de lecture épaississait le silence, qu'il sentait passer sur lui comme un souffle bienfaisant. La mort de vieilles gloires l'émeut, à chaque disparition c'est son enfance qu'on dépeuple. Il rachète un lecteur de CD pour faire tourner des albums qu'il a gardés chez lui sans trop les écouter, il pleure en revoyant *Les Caprices d'un fleuve* et rit devant les sketchs des Inconnus. Un jour, il descend la rue Mouffetard à la recherche des restaurants grecs où il dînait parfois avec l'une de ses amoureuses sur une nappe en papier – le menu fixe n'était pas très bon mais ils faisaient comme si pour le plaisir de croire qu'ils vivaient, décidément, la meilleure des vies. Une autre fois, il retourne dans le quartier des Halles, où il a vécu quelque temps. Il remonte aussi le boulevard de Sébastopol. Au bout de chacun de ces pèlerinages il observe que, comme dans un roman de Modiano, du Paris d'il y a trente ans, tout ou presque a disparu, tout ou presque est détruit.

Au même moment, il aperçoit un Paul bouffi et granuleux sur une plage du Mexique, où il barbote en compagnie de la nouvelle ministre des Transports. L'une des légendes qui accompagnent les clichés annonce que l'écrivain devrait prochainement être adapté à Hollywood. Simon, effaré, se renseigne : la Paramount aurait acquis les droits de son prochain roman, *Un robot et demi*, que Paul se vante d'avoir écrit à l'aide d'une intelligence artificielle – le procédé est alors controversé, l'art étant toujours regardé à cette époque comme une activité spécialement humaine.

Mais une indiscrétion réjouit Simon : un ami dans l'édition lui apprend qu'*Un robot et demi* a largement été écrit par quelqu'un d'autre. Depuis plusieurs années, Paul emploie une documentaliste de talent, qui en est venue à rédiger certains passages entiers pour lui. Simon voit se lever un nouveau scandale. Pourtant, lorsque le livre sort, la fraude n'est nulle part mentionnée.

Ce silence fait monter en lui une indignation qu'il peine à maîtriser. Il ouvre un nouveau cahier. Sur la première page, il écrit en lettres capitales : LE SYSTÈME PAUL. Les notes griffonnées sur les pages suivantes laissent entrevoir un roman au parfum de brûlot, l'histoire d'un écrivain prêt à tout pour assouvir ses ambitions, et dont la tête enfle au point qu'il ne peut la porter.

Ce projet, qu'il abandonnera, remue sa rage mais ne l'apaise pas. Alors il s'inscrit sur un forum très fréquenté de lecteurs et y révèle, sous pseudonyme, ce qu'il sait de l'escroquerie. Aussitôt, les commentaires cascadent. Féroces pour la plupart, ils éreintent son frère. Une tendre euphorie s'empare de Simon tandis que, heure après heure, la foule des justiciers improvisés donne raison à sa colère. Quand, soudain, la conversation est clôturée. Un message du modérateur informe Simon qu'il a été banni : ici, on n'attaque pas sans preuve, on ne colporte pas les rumeurs.

Quatre jours plus tard, Simon a perdu pied. Sachant Paul en Suède par ses publications sur les réseaux sociaux, il s'introduit après minuit dans son immeuble et dissout sa serrure au moyen d'un acide, comme un tutoriel le lui a suggéré. Puis l'opération se complique. Derrière la porte, un chien minuscule mais sonore menace d'alarmer le voisinage. N'osant le maltraiter, Simon enferme ses glapissements dans le réfrigérateur. Alors qu'il va fouiller les lieux, quelqu'un sonne à la porte. C'est une vieille voisine qui a entendu les aboiements de Yéti, elle s'inquiète. D'une voix sourde, Simon répond que tout va bien. La voisine demande à Paul s'il peut ouvrir la porte, elle ne reconnaît pas sa voix et la serrure lui paraît abîmée. L'opiniâtreté de ces vieux, pense peut-être Simon. Sans autre solution, il enfile une cagoule qu'il avait apportée, ouvre, tire à lui la voisine et referme la porte sur eux. Comme elle le toise d'un air défiant et vaguement intrépide, il menace de lui faire très mal si elle s'avise de le contrarier. Transpirant sous sa cagoule, il aperçoit enfin l'ordinateur de bureau qu'il est venu chercher, un hackeur lui a garanti qu'il pourrait en extraire toutes les preuves établissant que Paul fait écrire ses livres par la jeune femme qu'il emploie. Pendant que Simon s'agenouille pour débrancher les câbles, la vieille voisine sort d'on ne sait où une paire de ciseaux excessivement perforants qu'elle lui enfonce dans le flanc. Il la repousse en étouffant un cri, déjà il est à la porte, puis dans l'escalier, emportant la douleur avec lui comme un éclair qui n'en finirait pas. Il court tout droit à travers le quartier, rejoint une ruelle et ôte sa cagoule. Sa gorge est en feu, son cœur dilaté bat lourdement contre sa poitrine, Simon est proche du malaise et se voit mourir là, terrassé par un infarctus. Mais son heure n'est pas venue. Il reprend son souffle et s'éloigne aussi négligemment que sa blessure l'y autorise. Par chance, la ville flotte dans ces heures vagues et hallucinées où rien ni personne n'est suspect, pas même les camionnettes frigorifiques que conduisent à pleine vitesse de jeunes livreurs pressés. Simon traverse le boulevard quand l'une d'entre elles ignore un feu et le percute. En l'air, juste après la collision, ses bras s'écartent au-dessus de sa tête et aucune pensée en cet instant ne l'illumine et il ne voit rien de sa vie, ni le passé, ni le présent, ni l'avenir.

18. Paul

Lorsqu'il eut cinquante-trois ans, considérant le chemin parcouru, ses livres inégaux, sa triste réputation, ses amours bâclées, gagné par l'usure ou simplement surpris de découvrir l'homme qu'il était et refusant de penser qu'il était trop tard pour changer, il eut des projets de grande réforme. Il pouvait être quelqu'un de bien, il le démontrerait.

Pour marquer ce nouveau départ, il se fait tatouer une flèche comanche à l'intérieur du bras droit et déménage dans le douzième arrondissement. Souvent, jusqu'à sa mort, il contemplera son tatouage, se souvenant l'avoir choisi sans raison claire et tirant fierté de ce hasard logé au creux du bras, comme d'un exploit qu'il n'aurait pas cru possible.

Le temps est venu, décide-t-il, d'être un bon père. Il envoie à sa fille Matxalen, qui a maintenant vingt ans, des messages de remords et des promesses de métamorphose. Comme elle vit à Buenos Aires, la fille et le père se donnent rendez-vous dans l'un des métavers de l'époque. Les retrouvailles sont fraîches et dégradées par la mauvaise connexion de Paul, qui fait trembler son avatar puis hache ses protestations d'amour.

L'écrivain propose une autre rencontre, que Matxalen ne cesse de reporter. Elle ne tient pas à le revoir et finit par le lui dire. Vexé, Paul rédige une réponse amère, qu'il ne lui envoie pas.

Avec son fils, les résultats ne sont pas plus probants. À dix-sept ans, Arturo se laisse encore approcher, mais son corps se raidit chaque fois que Paul l'étreint. Quand deux journalistes sont condamnés pour diffusion de fausses informations sur l'action de la police, Arturo veut aller manifester. Mais Paul s'y oppose, craignant des troubles où son fils pourrait être blessé. Leur dispute est violente, Arturo accuse son père de faire avec sa prudence le jeu des oppresseurs. Au même moment, Paul perd quelques amis dans des brouilles inutiles et coup sur coup deux femmes le délaissent, qui lui adressent des reproches opposés, l'une le trouvant trop lointain, l'autre trop envahissant.

Dans ses soirées devenues solitaires, Paul fait défiler sur son portable d'anciennes photos de ses enfants. L'inspiration l'a déserté, il écrit des poèmes impénétrables et publie des tribunes sur l'injustice climatique. Il commence à rédiger un nouveau livre, *Quatre Étés*, dans lequel il tiendra un journal saisonnier tous les cinq ans, jusqu'en 2047. Il ne cherche ni l'événement marquant ni la rencontre décisive. À la première page de ce texte inachevé, il déclare au contraire qu'il entend raconter « les jours ordinaires d'un homme ordinaire dans un quartier ordinaire ». Il espère que le passage des ans, d'été en été, fera surgir des contrastes imprévus et qu'on y verra, sans grands effets, les lents ravages du réchauffement – comment un monde s'achève tandis qu'un autre advient.

La même année, la série adaptée d'*Un robot et demi* remporte un grand succès. Paul rejoint la Californie pour évoquer de nouveaux projets, qui n'aboutiront pas mais lui ouvrent une fenêtre sur la grande vie dont il rêvait. Il loue une villa au sommet d'une colline climatisée et enchaîne les visites de courtoisie auprès d'agents, de producteurs, de scénaristes avec lesquels s'échangent des politesses et de vagues idées. (C'est à l'occasion de ce séjour que Paul rencontre Roberto Grieger-Garcia, l'un des premiers écrivains augmentés – ce qu'il notera dans son journal, paraissant à l'époque horrifié qu'un artiste utilise des implants cérébraux.)

Puis une envie de fuite l'envoie dans le désert australien, où il marche plusieurs jours durant, méditatif et désolé. Ce grand vide rouge le captive et peu à peu l'abat. Il écrit qu'il se sent flotter. Tandis qu'il est allongé dans son duvet sous la nuit scintillante, des larmes le secouent. Il n'a rien fait de bien.

Pendant ces années, Paul a professé la plus haute indifférence vis-à-vis de son frère. Cependant, on sait maintenant qu'il glane régulièrement de ses nouvelles. D'une journaliste, il apprend que Simon a manqué de mourir dans un grave accident nocturne, qui lui a laissé un poumon perforé et toutes sortes d'os brisés. Son frère s'est rétabli, mais il marche en boitant, et des sautes d'humeur fragmentent ses journées. Incapable de travailler, il vit très pauvrement. Est-il un peu entouré ? L'aide-t-on, est-il aimé ? Ce n'est pas sûr, apprend Paul, qui sent monter en lui un élan de pitié. Ce frère affaibli et vaincu, comment pourrait-il le détester encore ?

En 2033, il se procure le nouveau roman que Simon fait paraître. *Définitions d'un spectre* est l'histoire d'une éco-militante traquée par la police et dont le corps s'efface peu à peu (les lecteurs d'alors ne peuvent manquer de faire le lien avec la répression qui frappe les opposants au président Heurtel). Paul feuillette les premières pages du livre pour le plaisir d'en relever les défauts les plus voyants. Mais le style est ample, limpide. L'absence d'effort apparent et la sûreté de touche lui rappellent certains romans de Kundera. Quelques heures plus tard, Paul entre dans le dernier chapitre. Il assiste, la gorge serrée, à la mort inéluctable d'Olivia. Depuis combien d'années n'a-t-il pas connu lecture si haletante ? Croyant le contenter, son assistante lui rapporte qu'un critique vient de juger « peu consistant » ce récit de fantôme. Paul répond froidement que les critiques sont des brutes, toutes et tous, depuis la nuit des temps. Déjà, *Navires à la dérive* était plus méritant qu'il avait bien voulu l'admettre. La beauté de ce nouveau livre l'étourdit, le désarme.

Comme il le craignait, les chiffres de vente de Simon sont désolants. Paul commande plusieurs dizaines d'exemplaires. Le geste est dérisoire, il ne peut l'ignorer.

Quelques comptes rendus disent du bien de ce roman, mais Paul les trouve toujours trop minces et tempérés. Sous le nom de François Pélissier, il envoie chez l'éditeur de Simon une lettre dactylographiée, dans laquelle il assure l'auteur qu'il est supérieurement doué. Il conclut sa missive en lui certifiant, peut-être pour s'en pénétrer lui-même, que « le bonheur finit toujours par tendre la main aux justes ».

Puis, un mois plus tard, Simon trouve six billets de 50 euros sous son paillasson. Le mois d'après, sept autres. Afin d'éloigner tout soupçon, Paul lui adresse un mail vindicatif, intitulé « une dernière chose que je voulais te dire ». Il y remâche ses griefs, auxquels il ajoute des accusations triviales remontant à leur enfance bayonnaise. Le subterfuge opère, Simon réplique sur le même ton malveillant, et Paul peut à partir de là financer sereinement la vie de son frère, en faisant déposer, aux premiers jours de chaque mois, une enveloppe sous son paillasson ou dans sa boîte aux lettres.

Comme il ne résiste pas au désir de savoir quels effets ont ses dons, un enquêteur qu'il engage lui fournit des rapports détaillés en toute discrétion. Simon s'est acheté un nouvel ordinateur ; il est allé chez le coiffeur ; il a choisi dans le menu un plat à presque 30 euros. Tenu au courant de ces dépenses, Paul connaît de longues plages de béatitude. Il s'aime en bon génie charitable et secret.

Un peu plus tard, enhardi, il intrigue pour que son frère soit admis dans un village d'écrivains, l'un des premiers à voir le jour au milieu des années 30, dans le cadre du programme « Sauvegarde des cultures menacées » que lance le président Heurtel pour faire mentir ses détracteurs. Son frère n'est pas candidat ? Un courrier officiel lui apprend qu'il aurait tout intérêt à remplir un dossier, c'est son profil qu'on cherche : le talent et l'expérience, mais sans l'aisance matérielle ; l'inique obscurité. Paul exulte le jour où son contact au ministère l'avertit que Simon va prendre ses quartiers dans la Cité Vivante, une ancienne fabrique de Saint-Ouen restaurée à grands frais, où vingt-cinq écrivains précaires seront désormais hébergés.

Les rapports que Paul reçoit continuent de le passionner. Simon occupe le meilleur appartement, au dernier étage de la Cité, plein sud. Il écrit un nouveau roman et montre un bel appétit à la cantine. Il a une aventure avec le poète vitaliste Abdel Fayad et une histoire plus sérieuse avec une autre résidente, la romancière Jeanne Forestelle. En février 2036, Jeanne est enceinte et Simon semble heureux. Lorsqu'il l'apprend, selon plusieurs témoins, Paul verse des larmes d'émotion. Tout ce bonheur, note-t-il dans son journal, c'est grâce à lui. Parfois, il est tenté de se révéler, mais son amour lui paraît d'autant plus sublime, d'autant plus admirable, qu'il est sans réciprocité.

19. Simon

Il ne fut pas long à comprendre que Paul était son bienfaiteur. Qui d'autre aurait pu lui faire ces offrandes ? La féerie du mécène anonyme, Simon n'y croit pas un instant. Il devine en revanche dans quelle misère de sentiment doit vivre Paul désormais. Ses enfants se détournent de lui, on le dit très isolé, tant d'auteurs le méprisent. Alors, avec quelques billets prélevés sur sa fortune, Paul s'octroie chaque mois une ration de grandeur samaritaine. Il veut se racheter, peut-être, ou simplement jouir du confort que peuvent procurer les entreprises de pitié.

Simon pense d'abord qu'il va renvoyer cet argent. Mais la volonté lui manque. Une nouvelle pandémie aggrave la crise financière qui ébranle l'Europe au début des années 30. À travers la France, les expropriations se multiplient, l'éclairage public disparaît de plusieurs centres-villes, tandis que transports publics, hôpitaux et universités basculent en service réduit. Dans cette période austère, où la culture est la première sacrifiée, Simon peine à gagner sa vie. Les séquelles de son accident n'arrangent rien : certains jours, il se réveille avec une migraine si violente qu'il doit demeurer allongé dans le silence et la pénombre. Profiter des aumônes d'un homme aussi riche que haïssable n'est sans doute pas la plus mauvaise manière de survivre. Et puisque c'est lui qui maintient l'illusion au lieu de la briser, Simon veut croire qu'il est en réalité le maître de la supercherie.

Pour achever de s'en convaincre, il cherche à son tour le moyen de leurrer son frère. Quelques mois après que Paul a entamé ces versements, il invente un Thomas Durand, jeune enseignant et lecteur de goût, qui admire en Paul Marcillac l'incontestable héritier de Philip K. Dick et de Jorge Luis Borges. Ce faux Thomas Durand envoie à l'écrivain un long message louangeur, dans lequel il prétend travailler à une thèse de doctorat provisoirement intitulée « Paul Marcillac, la fiction et son trouble ». Comme Simon l'espérait, l'orgueil de son frère est flatté : il répond. Une correspondance s'établit, et Simon doit se délecter de l'aveuglement que Paul y manifeste, de sa fausse modestie, de ses coquetteries d'auteur.

Message après message, Thomas Durand agrandit les dimensions de la fable : un jour, il prévoit d'organiser à la Sorbonne un colloque international autour des romans de Paul ; un autre, il affirme animer sur Chimera un fan-club Marcillac « où vous peineriez à croire le nombre de jeunes lecteurs qui s'inscrivent » ; puis il raconte avoir croisé dans une soirée l'écrivaine Blandine Rinkel, qui lui a assuré « que *Moteurs fantômes* était à ses yeux un “magnifique roman malade”, l'un des plus importants des vingt dernières années ». Cependant, les réponses de Paul, quoique cordiales et reconnaissantes, se font de plus en plus succinctes : se doute-t-il de quelque chose ? Le jour où Maylis de Kerangal reçoit le prix Nobel, Thomas Durand écrit à Paul sa déception, c'est lui qui aurait dû l'avoir ;–). La réponse n'est pas celle que Simon attendait : « Je ne mérite pas la moitié de ce que j'ai reçu », écrit son frère. Thomas Durand n'a pas encore répliqué que Paul envoie dans la nuit un nouveau message. Il s'y décrit comme un écrivain de second ordre, à court d'inspiration, et « dont les meilleurs livres ne sont même pas des demi-réussites ». « Je serais vous, conclut-il, je consacrerais mon travail de thèse à des auteurs plus méritants. » Dans son journal, Simon semble avoir envisagé de répondre à son frère qu'il avait raison, hélas : ses messages ont ouvert les yeux à Thomas Durand, il a passé les dernières nuits à relire les romans de Paul, il voit bien en effet qu'ils sont toujours un peu ratés. Ce serait cruel et drôle. Mais Simon éprouve sans doute de la gêne devant un désespoir si cru. Thomas Durand ne répond pas.

On peut être clairvoyant par intermittence : quand le ministère lui attribue un logement social dans la Cité Vivante, Simon n'imagine pas un seul instant que Paul puisse y avoir partie liée. Posté devant la baie vitrée plongeant sur le canal de l'Ourcq, sentant sous ses mains le contact robuste et doux de son bureau en chêne massif, ou bien paressant dans la chambre qu'inonde le soleil du soir, il se convainc que son travail devait un jour ou l'autre lui valoir pareilles rétributions.

Il se lève à six heures du matin et, bien qu'il ait cinquante-sept ans, bat record après record à la salle de musculation. Ici, il va écrire de grands livres. Quelques auteurs ont connu des gloires tardives et il sera l'un d'eux. Il entame avec confiance la rédaction d'un grand roman balzacien intitulé *Corps futurs*.

Au milieu de l'année 2036, la compagne de Simon perd le bébé qu'elle portait. Il ne sait pas quoi faire de cette mort avant la vie. Le couple essaie d'avoir un autre enfant, mais Jeanne Forestelle ne tombe pas enceinte et Simon, en vérité, se sent trop vieux pour la paternité. Jeanne le quitte en même temps que la Cité Vivante. Comme souvent, il prétend qu'il va bien. Il n'y pense plus. On pourrait traquer son chagrin, tout le dément dans les mois qui vont suivre. Sur les photos, il sourit sans retenue. On le voit dans des fêtes. Il organise un tournoi de volley sur les quais proches de la Cité. Il n'a jamais aussi bien travaillé.

Cependant, la Cité Vivante s'attire des critiques. Les pensionnaires sont accusés de cautionner un régime qui, sous couvert de quelques gestes hypocrites, démolit méthodiquement l'édifice culturel français. Quand, en 2037, alors que l'Académie élit une romancière d'origine marocaine, le ministre de tutelle se laisse aller à une nouvelle tirade xénophobe, les habitants de la Cité sont interpellés : resteront-ils sans rien dire dans cet hospice pour écrivains paupérisés, à profiter des largesses du président Heurtel ? Le 10 mai, une foule campe devant le grand portail de la Cité. Elle tient tête aux policiers venus la disperser. Simon est le seul des résidents à quitter les lieux. Les manifestants l'applaudissent.

Ce soir-là, il publie sur le site du *Monde* une tribune où il explique son départ. Elle se clôt sur ces mots fameux : « Croyez-moi, on dort très bien derrière les murs de la Cité. J'espère ne pas m'être réveillé trop tard. J'espère garder les yeux ouverts le plus longtemps possible. J'espère voir d'autres dormeurs se lever, brûler leur matelas et brandir le poing vers l'Élysée. » En relisant ce texte des années plus tard, on voit bien que l'appel à résister de Simon est marqué par ce style exalté qu'adoptent souvent les écrivains dans les grandes heures de l'Histoire. Mais il faut croire que les Français attendaient ce jour-là des instructions, le début d'un plan d'attaque et des figures à suivre. Depuis des semaines, une épidémie de contestation touche ville après ville. Des rassemblements anti-Heurtel ont eu lieu malgré les interdictions de manifester. Le matin même, une unité de police-combat a dispersé des cheminots devant la gare Saint-Lazare et leurs visages tuméfiés sont apparus sur les réseaux. Deux heures après que la tribune de Simon Marcillac est mise en ligne, sur les ronds-points et les grandes places, devant les mairies et les gares, on voit confluer des manifestants qui apportent leur propre matelas pour y mettre le feu. « Nous n'aurons plus jamais sommeil ! » commencent-ils à crier, cependant que des collectifs promettent de veiller jusqu'à la démission du président Heurtel. De très jeunes protestataires occupent la place de la République, des émeutes éclatent un peu plus tard aux abords de différents quartiers sécurisés. L'embrasement reprend les formes anciennes de la colère, écoles, bus et voitures flambent comme au début du siècle, les hypermarchés sont pillés, le saccage est partout. Alors l'armée entre dans les villes, le couvre-feu est déclaré, un confinement imposé à tous les moins de vingt-cinq ans. Ceux qui le bravent essuient des tirs de drones et, le 14 mai, neuf manifestants sont tués. Dans une allocution, Heurtel dénonce les menées de l'étranger et appelle les patriotes à se mobiliser. Les jours suivants, on ne signale plus que des incidents isolés. Les rues se vident. Mais les usines aussi, et les bureaux, et les lycées. On n'achète plus rien, on ne sort plus, et chaque matin s'ajoute un nouveau refus : plus une connexion à Internet, plus une ampoule allumée, plus un bruit. Le pays est à l'abandon. Impuissante, la Première ministre promet un référendum et des conventions citoyennes. Ces mots de faiblesse annoncent le dénouement. Des foules silencieuses descendent dans les rues. Cette fois, les drones ne tirent pas.

Pendant ces jours de lutte, Simon Marcillac a fait entendre sa voix. Il a participé à des rassemblements et tenté d'occuper, avec d'autres, le Champ-de-Mars puis l'Opéra. Même s'il est repoussé, il retrouve, comme au Kurdistan, ce sentiment que chacun de ses gestes s'accorde à des milliers de gestes, formant un mouvement plus grand. On le voit, le jour du massacre des manifestants, durement cogné au sol par une unité de combat. Le 18 mai, les émeutes reprennent dans les arrondissements de l'ouest. Son visage encore marqué par les coups apparaît au premier rang du cortège qui débouche sur la place de la Concorde et marche vers l'Élysée. Massées devant la rue Royale, les forces de police intiment aux manifestants de reculer, mais ceux-ci continuent d'avancer en rangs serrés. Enfin, des tirs de sommation les arrêtent. Le gaz des grenades ondoie sur la place en lourds serpentins gris. On hoquette, on tombe à genoux, on prend peur ; c'est le moment où tout hésite, où tout doit basculer. Alors Simon s'avance, seul, vers la première ligne des policiers. Il traverse l'esplanade vide, frappé peut-être de cette stupeur syrienne qui, comme la bravoure de David, le met en marche au mépris de tous les dangers. Ordre est donné de le neutraliser, mais aucun tir ne retentit. Sans un mot, d'une main paisible et ferme, il repousse l'épaule d'un policier pour se frayer un passage vers l'Élysée. Le policier s'écarte. De l'autre main, Simon fait signe aux manifestants de le rejoindre. La suite est beaucoup moins millimétrée – quelques pas plus loin un coup de matraque s'abat sur sa tempe, on l'emporte vers un fourgon, les manifestants chargent, des grenades de dispersion explosent, la ville s'enfonce dans trois jours et trois nuits de guérilla. Mais viendra ce moment où, après que Sébastien Heurtel aura quitté le sol français à bord d'un avion affrété par un oligarque italien, que des révoltés auront arpenté les ruines fumantes de la rue de Rivoli en se demandant quel titan a pu empiler l'une sur l'autre trois voitures calcinées, qu'on aura fini de traquer, dans les sous-sols de Châtelet, les derniers contre-révolutionnaires venus avec leurs pistolets à grenaille et leurs pitbulls ajouter du désordre au chaos, que les syndicats de police auront dépêché des représentants dans les AG, signant leur soutien à la refondation, que les députés, hagards ou euphoriques, auront ouvert leurs séances à des délégations de citoyens habités d'une éloquence imprévue, droit sortie du tréfonds de la glorieuse Histoire, que les Français auront repris leur souffle, accroupis ou les mains sur les hanches, songeant qu'une insurrection, même au XXIe siècle, reste une besogne excessivement confuse, viendra ce moment où s'imposera, dans la galerie des instants décisifs, l'image parfaitement cadrée de cet homme au sourire olympien, sa main appuyée sur l'épaule d'un policier en armure qui écarquille légèrement les yeux derrière sa visière bleutée.

20. Idoya

De Madrid, elle vit les images d'émeutes, le courage insensé de Simon, les policiers en grève, les foules dans les artères des grandes villes, la joie qui gagnait les visages et les dernières gesticulations de Sébastien Heurtel, menaçant le pays d'un désastre s'il quittait le pouvoir, puis tentant de dire à la jeunesse française qu'il l'aimait et que cette révolte était aussi la sienne.

Oscar Langarica travaille maintenant dans le nord de l'Espagne. Comme il s'y plaît, Madrid sort peu à peu de sa vie et Idoya le regarde s'éloigner de la sienne. Elle précipite la fin de leur histoire en rentrant vivre à Paris, où la liesse dure encore. À peine arrivée, elle se joint aux cortèges et participe aux assemblées de rue ; même dans les débats circule une joie presque charnelle. D'anciens voisins la logent, elle dort sur un matelas au milieu de manifestants beaucoup plus jeunes qu'elle et s'enivre dans les tablées bruyantes où se coudoient des inconnus. On parle de la fin prochaine du capitalisme, de l'autogestion, des relations périsexuelles et de la méthode Lehmann. Comme d'autres, Idoya rêve d'un tumulte qui ne faiblirait pas. En juin 2038, les élections anticipées portent au pouvoir une coalition sociale-démocrate, la Révolution prend une teinte pastel. Beaucoup sont déçus, pourtant le soulagement domine, l'ultradroite est tombée. Les grandes grèves sont finies, les portes des lycées rouvrent, il faut retourner au travail et donc se disperser.

Pendant deux ans, elle est gardienne de parc aux Buttes-Chaumont, puis trouve un emploi saisonnier dans l'une de ces *memory lanes* qui fleurissent alors sur la côte bretonne. Celle de Tréguennec célèbre l'année 98. Idoya y est d'abord employée pour nettoyer des chambres et s'occuper du linge. Comme ses genoux la font souffrir mais qu'elle se montre travailleuse, on lui propose de rejoindre l'équipe animation. À soixante-trois ans, il lui manque l'infatigable bonne humeur requise pour relever les conversations ou entraîner les vacanciers sur la piste de danse, cependant son érudition musicale rend service aux DJ et elle est très appréciée dans les ateliers de mémoire. Si elle oublie peu à peu les chapitres de sa propre vie, elle a cette faculté de se souvenir d'à peu près tout pour le compte des autres. Lorsque, dans la discussion, vient à manquer un nom ou un détail, c'est elle qu'on sollicite. Elle retrace la finale France-Brésil minute après minute, connaît par cœur les paroles de *Machistador* et les plus beaux dialogues de *Titanic*. Ce que les robots savent mieux que nous mais peinent à exprimer, elle le raconte avec passion autour des feux de camp.

Quand certains vacanciers lui disent qu'elle pourrait écrire des livres, elle hausse les épaules ou leur répond qu'écrire n'est plus un métier. Les faits lui donnent en partie raison :

dans ces années, beaucoup de librairies ferment et de moins en moins d'humains sont publiés.

Ce travail dans l'animation mémorielle s'interrompt le jour où le directeur du centre lui propose un refacing à prix réduit. Idoya décline sans hésiter, puis comprend qu'un rajeunissement est impératif si elle veut voir son contrat renouvelé. Le directeur assure que la demande vient des clients eux-mêmes, qui réclament de s'immerger dans le monde conquérant de leur jeunesse – y voir des vieux brise l'illusion. Idoya s'emporte devant cette injustice, elle est aussitôt mise à pied. On sait qu'elle commande sur Internet un chalumeau, un pistolet à clous et plusieurs bombes de peinture. Mais l'action qu'elle prépare n'est pas claire, même à ses propres yeux. Le temps que ces outils lui soient livrés, sa résolution se dissipe et, comme souvent, elle disparaît.

On perd sa trace pendant quelques mois puis on la retrouve à Paris, où Simon Marcillac l'héberge. Elle écrit dans ses carnets qu'elle est heureuse de le voir.

Débordant d'idées nouvelles sur la littérature, il s'est éloigné de la politique et travaille sans fatigue à un prochain roman. Idoya aime le voir manger de si bon appétit et entendre son rire, d'une gaieté profonde. Il répète lui-même, avec une pointe d'étonnement, qu'il n'est pas doué pour le malheur.

Souvent, l'après-midi, lorsqu'il a bien avancé sur son livre, tous deux vont marcher dans Paris. S'il fait trop chaud, ils trouvent refuge dans l'une des salles de la Cinémathèque. Cette année-là sont programmés des cycles d'anciens blockbusters remplis de catastrophes et des films de super-héros des années 10 ou 20. Le soir, allongés sous les ventilateurs, ils discutent des problèmes du PSG, des scénarios pour la fin du siècle et de l'avenir du roman. Le nouvel éditeur de Simon répète que les écrivains humains sont irremplaçables et lui-même paraît convaincu que, après le métavers et le cyber-amour, les IA passeront de mode. Idoya hoche la tête, sans certitude. Elle aimerait croire elle aussi que les hommes peuvent révéler certains mystères dans un langage inaccessible aux machines.

Quand son ami lui demande si elle a des projets de livre, elle affirme tranquillement qu'elle en a trop et ne sait plus lequel choisir. Il est vrai que, dans ses carnets, différents récits s'esquissent, des notes s'accumulent. Mais l'envie lui manque, elle ne commence rien et, pour la première fois, elle a l'air de penser que ce n'est pas si grave. Elle a aimé la littérature plus que tout, trop peut-être, avec une dévotion qui l'empêchait d'y entrer. Sans doute sait-elle déjà que, jusqu'à sa mort, elle ne publiera plus.

Par crainte d'encombrer Simon, bien qu'il l'assure du contraire, elle emménage dans une résidence collective à Ménilmontant. Elle aime entendre, au réfectoire, les conversations des étudiants et des jeunes travailleurs pauvres, dont elle approuve les colères. De son fils, installé sur une colonie flottante au large des Açores, elle reçoit un appel tous les 25 décembre. C'est peu, mais elle ne saurait lui en faire le reproche. Georges n'a aucun souvenir des années qu'ils ont passées ensemble et maintenant il est trop tard pour tout construire. À distance, elle suit sa vie sur les réseaux sociaux. Il s'est marié très jeune, à dix-neuf ans, et il a déjà un enfant.

Une association humanitaire l'emploie, dans la logistique. Jérôme, son père, lui a transmis le goût de lire. Tous les ans, juste avant son anniversaire, Idoya lui envoie un livre qui a compté pour elle. Georges ne manque jamais de rédiger un long message, quelques semaines plus tard, pour lui dire tout ce qu'il a aimé dans cette lecture. Idoya est émue quand son fils lui écrit, une année, que *Le Secret de Joe Gould* est devenu l'un de ses textes préférés.

Pour subsister, elle vit de petits boulots mal payés, puis devient rédactrice de modes d'emploi et de consignes de sécurité. Dans les faits, il s'agit de relire et parfois réviser les productions d'un logiciel génératif. Ce travail ne lui déplaît pas, même s'il est fastidieux. Afin de l'égayer un peu, il lui arrive de se fixer des contraintes secrètes, comme récrire tout un paragraphe sans la lettre *r* ou glisser des mots rares ou faire rimer cinq phrases d'affilée. Lorsqu'elle finit par comprendre que personne en réalité ne relit son travail, elle s'autorise des écarts plus voyants, comme sur cette affichette pour des chambres d'hôtel :

> Si la fumée rend le couloir ou l'escalier impraticables, restez dans votre module. Calfeutrez la porte avec une serviette ou un drap. Si vous croyez aux interventions divines, demandez secours sans attendre à la puissance de votre choix. Mouillez la porte. Manifestez votre présence à la fenêtre. Souvenez-vous qu'il y eut, dans votre vie, des moments de splendeur. Dans la chaleur ou la fumée, baissez-vous, l'air frais est près du sol.

Fatalement, plusieurs de ces anomalies sont remarquées, qui lui coûtent son poste. Mais ces sabotages discrets apportent à Idoya une nouvelle inspiration. Les années suivantes, chaque fois que ses finances le lui permettent, elle fait publier de faux avis de décès dans des journaux en ligne, inventant pour l'occasion des architectes, des explorateurs, des philologues et toute une constellation de militantes anarchistes. Enfin, on sait par plusieurs de ses voisins qu'en 2044 ou 45 elle se lance dans une série de poèmes microscopiques, inscrits au feutre effaçable dans les environs immédiats de son appartement. Ces graffitis, hauts de quelques millimètres à peine, sont toujours brefs, jamais plus de trois vers. Idoya leur choisit les emplacements les plus malaisés et les supports les plus précaires, elle écrit au pied de murets mangés par le salpêtre, au dos des palissades, dans les fissures au fond des arrière-cours, sur des palettes en bois et des meubles abandonnés au bas des immeubles. À la concision de ces textes et à leur format minuscule répondent des thèmes le plus souvent cosmiques ou guerriers. Aucun d'entre eux n'est signé.

Bien qu'elle ne l'ait pas commentée, l'écrivaine semble se satisfaire de cette œuvre fugace, éparpillée dans les replis de son quartier. En 2044, elle est informée par l'éditeur des *Pâleurs de l'aube* que les derniers exemplaires vont être détruits, on ne peut conserver plus longtemps les invendus d'un livre à présent oublié. Dans son journal, elle rapporte cette nouvelle avec soulagement. Il lui plaît d'être une autrice sans œuvre ni trace durable, dont l'insignifiance est une soustraction, l'évitement d'un commerce où elle n'a jamais voulu figurer et qu'elle regarde comme une lutte malpropre pour la reconnaissance et la domination. Quand viendra l'heure des bilans et des nécrologies, d'elle il ne restera rien, ni ratage ni coup d'éclat. Juste un souvenir ténu, un on-dit dont il n'y a pas grand-chose à dire, rien qui puisse être jugé.

21. Paul

Paul était tout prêt à aimer un frère infortuné, dont il imaginait les joies toujours précaires, la vie vacillant sur un fil. Il supporte mal de le voir héroïque et brillant sur les écrans des autres. C'est injuste. Au moment où Simon apparaissait place de la Concorde, Paul n'était qu'à deux rues de lui. Il cherchait son fils dans la foule insurgée en toussant sous l'effet des lacrymogènes. Lui qui, dans *La Troisième Hypothèse*, fait dire à l'un de ses personnages que « seules les circonstances créent la grandeur des hommes » ne peut s'ôter de l'esprit qu'il aurait, à la place de Simon, témoigné du même courage, trouvé le même geste. À deux rues près, c'est sûr, la gloire était pour lui.

Il veut sa place dans le Grand Soir. Les jours suivants, à la radio, dans les forums d'écrivains solidaires ou les AG de quartiers soulevés, il exprime en formules agiles l'urgence de s'émanciper, la fin des « vieux bonshommes usés », toute la beauté de cette violence qui a illuminé Paris. On dirait que, par contagion, l'esprit de ces temps nouveaux l'enfièvre pour de bon. Il parle d'investir de l'argent dans la création d'un néo-phalanstère, peu de ses auditeurs y croient. Pour convaincre, il doit se montrer plus radical. Dans ses textes, alors que l'insurrection menace de se diluer dans une série de réformes tièdes, il lance des diatribes contre les « citoyens timides » et les « sangsues » qui veulent dénaturer l'esprit de la Révolution. Maintenant que la clameur retombe, il se verrait bien tenir le rôle de l'intransigeant. Mais ces événements n'ont pas besoin de lui, on le lit peu, il sent qu'il indiffère.

Alors il change de registre. La Révolution devient un simulacre, la politique un repoussoir. Les écrivains, les vrais, travaillent loin des foules, à l'écart de leur siècle et des idées qui passent. En 2038, on le retrouve dans le complexe Better Wind, en Oregon, sur les hauteurs du mont Hood. Il occupe l'un des douze chalets où des artistes fortunés viennent s'offrir quelques semaines de solitude choyée. Les habitations, posées sur des terrasses au milieu des arbres, conjuguent luxe et dépouillement. Un personnel aussi efficient que mutique s'occupe de satisfaire les besoins des ermites. Si le complexe est aujourd'hui abandonné, le visiteur peut malgré tout imaginer, en pénétrant dans l'un de ses chalets encore debout, le raffinement qui accompagne Paul dans son ascèse. Il retrouve au cœur de cette forêt un bonheur calme qu'il croyait perdu. Équipé d'une puce de première génération, il écrit plus vite et plus longtemps, tandis que son vocabulaire s'accroît de façon merveilleuse. Il se lance dans ce qui sera son dernier grand projet, *Alma et Alma*, une fresque en six volumes qui doit raconter les vies de deux femmes nées avec le même prénom la même année dans le même quartier. On suivra leurs parcours à travers les décennies, depuis 2030 jusque dans le XXIIe siècle (seul le premier tome sera publié).

Chaque samedi, une veillée rustique est organisée pour les résidents. C'est là qu'un autre romancier, le Nigérian Tom Udemezue, parle à Paul de retraites analogiques pour lesquelles des écrivains sont recherchés. Le salaire est mirobolant, les destinations font envie, Paul se met sur les rangs. En Tanzanie, en Nouvelle-Zélande ou encore dans les Alpes autrichiennes, de richissimes clients se délestent de leur téléphone et désactivent leurs augmentations pour, une semaine durant, retrouver des sensations enfuies et des plaisirs non connectés. Parfois accompagné de Tom Udemezue, Paul anime des sessions littéraires au coin de la cheminée. Il lit quelques passages frappants de Kae Tempest, d'Annie Ernaux ou de Primo Levi, puis un court atelier initie les participants à l'écriture de soi, avant qu'une discussion soit lancée à partir de phrases comme « Écrire, c'est faire un bond en dehors du rang des assassins ». À la lumière des flammes, on sirote des alcools forts en méditant des secrets sur les pouvoirs de la littérature. On se sent plus profond, plus nuancé, plus riche. À ses amis qui se désolent de le voir faire l'artiste de service dans ces safaris culturels, Paul répond que lui, au moins, vit encore de l'écriture.

En 2040, il doit mettre fin à ces activités après s'être enferré dans une série de mensonges sans importance qui ont déplu à l'employeur (à certains clients, il a voulu faire croire qu'il avait écrit pour Umberto Eco ou Philip Roth quelques-uns de leurs meilleurs romans). Il rentre en France afin de soigner son dos et sa mythomanie. Entre ses séances de kinésithérapie et de psychanalyse, il est un écrivain de soixante et un ans qui ne publie plus rien mais cherche encore à triompher. Par deux fois, il tente de se faire élire à l'Académie française. De solides ennemis lui en défendent l'accès. Comme souvent dans sa vie, cet échec lui inspire un nouveau projet : dans une longue et injurieuse tribune, il réclame la dissolution de ce cénacle, « seule maison de retraite dont les pensionnaires sont rémunérés ». Pour se démarquer d'eux, Paul entend se prouver qu'il est encore fringant. Il se fait photographier aux côtés d'écrivains de moins de trente ans, comme Magali Pesquet ou Karl-Julie Vanner, qu'il abreuve de conseils et range quoi qu'ils en pensent parmi ses plus proches amis. Malgré des sciatiques à répétition, il se lance le défi de courir un marathon et termine celui de Londres en moins de quatre heures trente. Dans *Autres Loups*, il écrira que ce dimanche fut l'un des plus beaux jours de sa vie. Il a pleuré de douleur à partir du trente-cinquième kilomètre et pourtant il a trouvé en lui la force de finir. Dans le miroir de l'hôtel, il regarde son corps nu avec fierté.

Le plus difficile est de prolonger cet exploit. Il continue d'aller courir, surveille ses kilogrammes, s'astreint chaque matin à des postures de yoga, mais d'autres envies lui suggèrent de ralentir quand il marche ou de rester chez lui quand il fait froid. Il doit lutter contre ce bon génie, tyrannique et doux, qui lui fredonne à l'oreille les délices du renoncement. Voyant qu'il perd chaque jour du terrain, Paul investit dans des cures cellulaires et différentes injections. Ses rides se résorbent, son ventre se resculpte. En août 2042, il se fait remplacer le bras gauche et les dents.

De temps en temps, il observe sur Internet à quoi ressemblent ses confrères, ses ex ou les anciens élèves d'Hélène-Boucher. La disgrâce a conquis bien des visages. Celui de son frère résiste mieux que les autres. À une amie, Paul confesse avoir scanné une photo de Simon sur DeepEye. Le verdict est déplaisant : sa beauté perdure sans la moindre retouche.

Plusieurs fois, des figures très suivies de l'ultradroite lui ont proposé de venir sur leur stream pour parler de son frère, devenu l'une des bêtes noires de leur mouvance. Avec leurs millions d'abonnés, ils pourraient offrir une audience majuscule à la haine de Paul. Mais l'écrivain répète qu'il ne veut pas être cet homme-là, auprès de ces gens-là.

Début 2043, la grippe égyptienne entraîne un strict confinement. Seul pendant deux mois dans un étroit meublé, Paul sombre comme beaucoup dans la mélancolie. Il écrit dans son journal que tout est passé trop vite et que sa vie est sans doute manquée. « Des âmes invisibles, note-t-il, je n'aurai rien deviné. » Un peu plus loin, il confie qu'il espère tomber amoureux « encore une fois, une dernière fois, aveuglément ».

Pour tromper son ennui, il revoit la plupart des films qu'il a aimés avant d'avoir trente ans. Presque tous lui paraissent ratés. Cette pensée l'attriste, il voudrait partager les goûts du jeune homme qui leur attribuait quatre ou cinq étoiles dans un petit carnet où il consignait ses sorties.

Peut-être est-ce pour se lier plus étroitement à son passé qu'il s'inscrit à des cours de basque en ligne. La langue circulait autour de lui quand il était jeune, mais il n'a jamais su dire que *salut* et *merci*. Cette initiation lui plaît tant qu'au sortir du confinement il prétend la maîtriser depuis toujours. Il en vient même à saupoudrer sa conversation d'expressions basques qui ont l'air de lui échapper. Plus tard, tenant son rôle bien en main, il lui arrivera de porter un béret les jours de mauvais temps et de parler, marcher comme parlaient, marchaient certains vieux Basques de son enfance, figures rocailleuses aux voix basses et chantantes, aux rires lents.

22. Simon

Pendant deux ou trois ans après la Révolution, il fut l'exact héros qu'on attendait. Sollicité sur tous les fronts des luttes progressistes, il ne se déroba jamais, même si ces engagements le tenaient éloigné de la littérature. Des grèves dans les entrepôts aux zones à défendre en passant par les streams où l'on parlait violences robotiques et rétromasculinité, il remplit son devoir sans faillir. S'il craignait d'être enfermé dans la fonction du révolté perpétuel, cette réticence faisait justement sa grandeur. Il parlait peu mais ses mots vous guidaient, il savait en quelques formules à la ligne claire détourer précisément le fond de vos pensées. On avait envie de le prendre dans ses bras, de lui dire Merci, tenez bon. Sur les plateaux, ses contradicteurs redoutaient cet orateur pugnace et mesuré, d'une impeccable modestie. Il vit des inconnus pleurer de gratitude en lui serrant la main.

Puis il fut moins nouveau et donc moins influent. D'autres insurgés réclamaient d'être vus ; il leur céda la place volontiers. Au cours de cette période, il avait été ciblé par des campagnes haineuses venues de l'ultradroite, menacé de mort à plusieurs reprises et embarrassé devant l'amour sans nuance que son camp lui portait. Il allait retrouver du temps pour l'écriture.

Mais ce temps est compté. Autour de lui, plusieurs écrivains sont fauchés par des cancers ou des variants du virus de Glasgow. Simon veut écrire un grand livre avant d'être à son tour emporté. Après quelques hésitations, il se décide pour un roman qu'il a plusieurs fois renoncé à écrire, la tâche semblant trop ardue. C'est *Volta* : une expédition s'enfonce dans le continent antarctique et son histoire se divise en plusieurs récits à mesure que, l'un après l'autre, les membres de l'équipe disparaissent, happés par le blizzard. Leurs obsessions et leurs regrets, modelant les étendues blanches, font se lever des mondes concurrents.

Simon travaille à ce livre avec la rigueur et l'endurance qu'on lui connaît, sept jours sur sept. Pendant quatre ans, ni les maladies, ni le désespoir, ni la fatigue n'entament cette discipline. Le soutien d'un nouveau compagnon, l'économiste Grégory Champlain, se révèle inestimable : le couple vit sur son seul salaire, et Grégory ne cesse d'encourager Simon, qui traverse plusieurs phases où le doute le submerge. Trois décennies plus tôt, il était persuadé qu'écrire deviendrait plus facile à force d'expérience. Elle lui éviterait certains écueils et surtout, son goût s'assurant, prenant forme solide, l'aiderait à tenir le cap sur des routes plus droites. C'est le contraire qui se produit : plus il écrit et moins il y parvient, et plus il voit qu'il écrit mal, qu'on écrit mal le plus souvent, par manque de talent mais surtout parce que entre la langue et la pensée existent, comme le dit Coudroyer dans *Dernière Ville*,

« les rapports d'une pioche et de l'orfèvrerie ». Maintenant, il est dévoré de scrupules, chaque adjectif est un dilemme, il s'interdit les mots trop rares, ce serait pédant, et aussi les mots qui d'ordinaire vont ensemble, ce serait paresseux, et il renâcle devant les adverbes en *-ment* ou les assonances faciles ou le mot *que*, ce parasite dont la phrase française est farcie. Pour boucler une page, il faut lutter toute la journée, avec cette sensation écœurante de s'empoigner soi-même, de se cogner et s'écorcher, et lorsqu'il se relit, deux semaines plus tard, il voit qu'il s'est manqué, que ça ne tient pas ou, pire, que c'est joli. Alors il reprend tout.

Cependant, au mois de février 2044, quand il achève pour la dixième fois une refonte complète de son livre, il sent qu'il a réussi. *Volta* est son meilleur roman. Scintillante, sûre d'elle, sa phrase fait surgir, comme à portée de la main, des époques anciennes, des drames essentiels, des instants dont le souvenir se détache sur la page avec une admirable netteté. Néanmoins, le passé n'est jamais retrouvé et – c'est toute la mélancolie de *Volta* – l'effort si visible pour le rendre présent révèle une distance impossible à réduire : nous vivons séparé de nous-même. Mais cette leçon de désespoir n'est pas le dernier mot du livre, car la littérature, dit Simon, la littérature, bien qu'infirme, peut faire une place à ce qui n'est plus là. Elle dit l'étendue de nos pertes. Et de l'absence, qu'elle ne répare pas, elle inscrit malgré tout une trace appelée à durer.

Publié fin août chez Terra Forma, l'ouvrage est corpulent (plus de six cents pages) et difficile d'accès. Pour le rendre plus attractif, les éditeurs proposent d'y adjoindre un bandeau portant la mention « Marcillac après les barricades ».

Simon se cabre puis finit par plier : l'important est de donner envie d'ouvrir son livre.

Si, dès la première semaine, deux articles saluent un texte majeur, *Volta* ne reçoit pas l'accueil retentissant que ses éditeurs lui prédisaient. Mais, le 10 septembre, le roman de Simon apparaît dans la première liste du Goncourt senior, prix créé trois ans plus tôt pour distinguer un écrivain de plus de soixante ans. Et le 25 octobre *Volta* figure encore dans la dernière sélection ; quatre titres seulement restent en lice.

L'éditeur est déjà comblé, cette course au prix soutient les ventes du livre. Simon, lui, devient fébrile. On n'écrit pas pour les honneurs, bien sûr, mais ce Goncourt, même secondaire, viendrait éclairer autrement toute son histoire. Le rideau se lèverait sur son talent, il aurait droit, enfin, à la reconnaissance qu'il a si longtemps espérée et que, parcourant certains mauvais textes primés, il a pensé mériter plus que d'autres.

Il doit pâlir en découvrant que Vincent Almendros fait lui aussi partie des finalistes. De cet écrivain, il a tout lu depuis son premier roman. Ses intrigues pourtant minces le captivent, il admire son élégance, qu'on croirait sans recherche, et ses non-dits, ses ellipses, tout ce qu'il n'écrit pas. *Vers vous*, son livre sélectionné, est très simplement beau, ceux qui l'ont lu le disent. D'ailleurs il est le favori des pronostics.

Simon rêve qu'un soir il l'aperçoit, à travers la vitrine d'une librairie où il est invité. Entouré de quelques lecteurs, Almendros sirote un fond de vin rouge dans un gobelet transparent. Il a cet air de fatigue placide qu'on lui voit depuis toujours sur les photos et que Simon attribue, chez les artistes de talent, à la conviction du travail bien fait, de l'épuisement bien dirigé. Simon va poursuivre son chemin quand, de l'autre côté de la vitre, Almendros le salue en levant et abaissant doucement l'index et le majeur, comme s'il pianotait sur des touches invisibles. Les délibérations du jury auront lieu deux jours plus tard et du minime geste de l'écrivain paraissent rayonner plusieurs messages : *Bonne chance à toi*, *Tout ça n'est pas bien grave, n'est-ce pas ?*, et *Cette camaraderie à distance nous va bien, poursuivons*. Sur le trottoir, Simon voudrait lui aussi faire entrer tant de significations aimables dans si peu d'effusion. Cherchant le geste approprié, sa main se contorsionne.

Le lendemain, veille de l'attribution du prix, plusieurs sites de l'ultradroite attaquent soudain *Volta* et son auteur. La manœuvre est grossière, on veut priver Simon du Goncourt en dirigeant sur lui le soupçon le plus infamant : il est accusé d'avoir emprunté les pensées de son roman sur le temps et le langage à une thèse de doctorat publiée trente ans auparavant. Si la proximité de plusieurs passages jette en effet le trouble, les détracteurs de Simon font mine d'ignorer qu'avec des agrégateurs de type EverAfter, tout écrivain sait à présent que chaque phrase qu'il chérit comme une preuve de son talent imite une phrase d'ores et déjà écrite et qu'il n'a jamais lue. C'est la réponse de bonne foi que s'apprête à faire Simon dans un communiqué lorsque, sur le coup de dix-sept heures, Paul Marcillac apporte son concours à la polémique. Après quelques hésitations, il a cédé : le succès de son frère est trop franc, il faut le saboter. Simon écoute Paul divaguer à la radio sur le concept du « plagiaire *per se* », cette engeance de créateur, et son frère en fait hélas partie, qui ne sait créer que par décalque et vol. Le Goncourt doit-il aller à un copiste ? Meurtri, Simon avale une double dose de somnifères mais ne parvient pas à dormir. Sur les réseaux, des inconnus le crucifient. Le retrait de son livre est réclamé, des librairies comme de la finale du Goncourt.

Le lendemain, au quatrième tour de scrutin, Vincent Almendros obtient trois voix, Simon sept. Le Goncourt senior est pour lui. L'apprenant, il s'évanouit sur le carrelage de sa cuisine.

Lorsqu'il revient à lui, hébété, la hanche endolorie, un taxi s'impatiente, il a tout juste le temps d'enfiler une veste et de s'engouffrer dans le véhicule. En lieu et place de l'insurgé radieux, c'est un homme claudicant, à l'air faible, qui apparaît devant le restaurant où l'attendent journalistes et invités. Les caméras plongent vers lui, les micros se sont approchés. Sur les images, on devine que Simon est trop ému pour parler.

Deux coupes de champagne avalées coup sur coup lui ouvrent un chemin vers la joie. Son éditeur l'enlace, Idoya le regarde avec fierté, enfin il peut triompher. D'après les comptes rendus de l'événement, voir le héros de la Concorde enfin récompensé réjouit tous les convives. Si les visages des membres du jury sont graves, Simon pense que c'est pour faire honneur à la majesté du Goncourt. Devant les journalistes, la présidente assure que le jury ne se laissera jamais dicter son vote par les tribunaux d'Internet, et encore moins par l'ultradroite. Le livre d'Almendros était très bon, dit-elle, meilleur dans l'absolu peut-être, néanmoins un prix est aussi, est toujours, un geste politique. Quand il entend cela, Simon vacille. Au-dessus de lui, les lumières du restaurant se bousculent.

Pendant des mois, des maux de tête reviennent l'assaillir, comme après son accident. Il se terre, on ne le voit plus. Bien aidé par ce Goncourt bis, *Volta* se vend jusqu'à Noël, et la polémique autour d'un éventuel plagiat est enterrée en quelques jours. Mais Simon fuit les cocktails, les festivals, les dîners. Resté en lisière de son succès, il devient distant même avec ses proches.

Découragé, Grégory, son compagnon, tombe peu à peu amoureux d'un virtuel rencontré dans le jeu *Kreel*. Le jour où Simon s'en aperçoit, il le saisit par le col, le pousse contre le mur, et des mots blessants les séparent. Dans la nuit, Simon avale plusieurs plaquettes de somnifères. Les pompiers le sauvent. Repentant, Grégory revient et ne le quitte plus.

Un séjour sur la côte basque apaise le désespéré. Il retourne dans le quartier de son enfance, préservé des moustiques anophèles et des fortes chaleurs par un dôme discret. Les nouveaux propriétaires le laissent visiter la maison où il a grandi. Il raconte que les odeurs n'ont pas changé.

Des amis de passage le trouvent en bonne forme, ce dont son compagnon semble douter. Il n'aime pas le regard froid que Simon pose sur l'horizon quand, sur la plage, ils se tiennent la main pendant que le soir tombe. Parfois, Simon dit qu'il faudrait un peu moins aimer la vie. Que ceux qui en attendent trop seront déçus.

Lorsqu'il se promène à Bayonne, il lui arrive d'être reconnu par une bibliothécaire ou un prof de français qui, après le selfie de rigueur avec l'homme de la Concorde, lui parlent chaleureusement d'un roman qu'il a publié il y a bien des années. Simon veut croire, alors, que le temps est de son côté. Il arrive à certains écrivains de n'être lus et estimés qu'après leur mort, mais grandement. Durant quelques minutes, cette pensée l'éclaire et il écrit que la vie n'est pas si laide et il sent qu'il pourrait éloigner de lui ses pensées les plus noires.

Quand un individu met fin à ses jours, son biographe devrait se garder de ne voir, dans les derniers mois de sa vie, que les signaux d'une fin qui veillerait à s'annoncer. Chez Simon, cependant, c'est ainsi que la mort vient, lentement mais visiblement, comme la nuit. Il écrit qu'il a fait son temps et ne voit, dans le reflet de son miroir, qu'un vieux lutteur au corps cassé. Sa peau se décolore, il s'amaigrit. Ses gestes sont lourds. Il se plaint de douleurs abdominales, pour lesquelles il ne consulte pas.

Dans l'appartement qu'il loue à Anglet, près du front de mer, il a bizarrement posé sur chaque porte un Post-it où l'on peut lire « Cuisine », « Salon », « Chambre », « Salle de bains » et enfin « Bureau ». Cette pièce, il n'y entre jamais. Après sa mort, on la trouvera vide, à l'exception d'un fauteuil à roulettes et d'une imprimante hors d'usage.

Grégory Champlain le laisse seul. Simon a tout fait pour qu'il s'en aille, il ne voulait plus sentir sur lui son regard d'infirmier.

On ne sait pas comment il occupe ses journées. Il dort et lit, sans doute. La police l'interroge après que trois cambriolages ont eu lieu dans son immeuble, où la plupart des logements sont vacants hors saison. Il est mis hors de cause. Retrouvé après sa mort, un carnet donne pourtant à penser qu'il subsistait grâce à ces vols : y sont indiquées de modestes rentrées d'argent liées à la vente d'écrans et de petit mobilier.

Idoya lui téléphone une ou deux fois par mois, mais leur conversation est le plus souvent brève. Simon s'excuse de n'avoir pas grand-chose à raconter, il mène une vie tranquille dans un endroit tranquille. Plusieurs fois son amie lui suggère de revenir à Paris, le savoir aussi seul l'inquiète. Comme elle insiste, il promet de venir la voir avant l'été.

Certains matins, très tôt, on aperçoit sa silhouette sur la plage. Il répond à peine à ceux qui le saluent. L'un des derniers à lui rendre visite, l'écrivain Julien Blanche, se souvient d'un homme ralenti à la voix devenue traînante. Dans l'idée de le divertir, Blanche médit sur les confrères. Les écrivains prisent d'habitude ces moments où, réunis dans une joyeuse sévérité, ils peuvent énumérer tout ce qui manque aux autres pour espérer durer. Mais ce jour-là Simon écoute Blanche sans le relancer. Il demande seulement des nouvelles de Vincent Almendros. Quand Blanche admet que son nouveau livre est très bon, est son chef-d'œuvre sûrement, Simon paraît soulagé.

Preuve que la mort n'est pas son unique pensée, on sait qu'il consulte à la même période des itinéraires de grande randonnée. A-t-il eu le projet, comme le croient certains de ses amis, de traverser la France à pied ? On retrouvera aussi, dans son appartement, un exemplaire de *Travaux*, le récit de Georges Navel. Simon a souligné plusieurs phrases dans l'un de ses derniers chapitres. Tenaillé par le désespoir, le narrateur revient à la vie grâce à la poésie du presque rien, les gestes simples de chaque jour, le repas qu'on prépare, la pincée de sel, un objet soupesé. On peut trouver la méthode naïve, mais qui a lu ces pages sait l'espoir qu'elles soulèvent. Peut-être Simon essaie-t-il, lui aussi, de réenchanter le monde avec ses mains, ses sensations, ses corvées. On voudrait croire qu'il a essayé.

Il prépare son dernier geste comme les romans qu'il a écrits. Quand il pense à la scène où l'on découvrira son corps, il lui vient des soucis d'esthète. Il écarte les solutions salissantes et les expédients qui l'enlaidiraient. Relisant *Madame Bovary*, il songe que l'arsenic est une ressource adéquate. Même si ce poison sème des taches brunes sur la peau, à en croire Flaubert, il ne déplairait pas à Simon de mourir en citant l'un des romans qui ont le plus compté pour lui.

En avril, il fait le vide dans son appartement, il faut que le décor final soit clair et ordonné. Un mur griffé de traînées noires le contrarie, il entreprend de le repeindre. Il n'a plus qu'un matelas, des ustensiles de cuisine, un rasoir, une brosse à dents et la collection de ses cinquante livres préférés rangés par ordre alphabétique. Il songe à faire figurer sur la première page de chacun une brève pensée qui l'éclairerait d'un jour nouveau. Mais c'est trop recherché ; il s'en abstient.

Un lundi soir, le 4 juin 2046, il avale son poison. Une chanson de Luiz Bonfá tourne en boucle dans l'appartement. Elle y jette une gaieté vague mais inépuisable, de celles qui vous prennent après des accès de mélancolie. À quoi pense le mourant ? Se peut-il qu'il revoie passer, comme dans un carrousel de fin des temps, les premiers camarades de son enfance, les entraîneurs de l'Aviron bayonnais, son père, sa mère, les amoureuses et les amants, le garçon aux cheveux mi-longs, Rubén, l'ouvrier polonais et plus tard Grégory, les rockers révolutionnaires de Mexico, les combattants du Rojava, le policier de la Concorde, son frère aux yeux ardents, Idoya dans la foule des visages tournants, et lui-même parmi tous ces visages, lui-même enfant, prodigieux roi des jongles, lycéen rayonnant, étudiant surpris par ses bonnes notes, jeune homme certain de ses désirs, écrivain penché pendant des milliers d'heures sur l'écran de ses ordinateurs, vieillissant à mesure que le manège tourne, vieillissant sans y penser, immobile, absorbé par son travail, assemblant mot après mot un grand circuit de phrases, et cherchant toujours, inépuisablement, une beauté qui se dérobe, ou qui peut-être n'existe pas ?

Il meurt dans les heures qui suivent, sur le sol du salon, sans un appel à l'aide. La porte de son appartement est restée entrouverte à dessein, une voisine découvre son corps au petit matin. Cela laisse aux rédactions toute une journée pour compléter leur portrait de Simon Marcillac. Le dispositif de cette mort, élégante quoique trop travaillée, doit rajouter de l'intérêt à la nouvelle. Mais elle ne tiendra qu'une place furtive dans le flot des informations du jour. Ce même mardi, sur le coup de onze heures, un missile néorusse frappe un marché bondé de Kesälahti, rouvrant un conflit avec la Finlande qui durera encore quatre ans. Et vers dix-huit heures l'écrivaine Leslie Ballester met elle aussi fin à ses jours en sautant du dernier étage de la Samaritaine. La créatrice de la série *Black Hollow* avait seulement vingt-trois ans. Admirateurs et gens émus convergent vers le grand magasin. Une veillée funèbre s'improvise. On y parle de ses derniers posts, Leslie disait se battre contre la dépression. Les mauvaises ventes de son dernier roman l'avaient beaucoup affectée ; la rédaction du prochain tome de la série devait être confiée à une IA. Indignée, la foule scande spontanément des slogans antirobots. Les principaux streamers convoquent des spécialistes. La littérature, l'avenir de l'édition et l'hyperintelligence sont au cœur de débats pour une fois riches et de bonne tenue.

Simon a tout prévu pour ses obsèques : un cercueil simple, pas de couronnes, quelques fleurs blanches. On l'enterre à Bayonne auprès de ses parents. Son frère pensait venir, les amis du défunt s'y opposent. La cérémonie est rapide. Ceux qui l'aimaient sont là et ils s'étreignent. À la demande de Simon, Idoya récite un vieux poème de Blaise Cendrars. On lit le communiqué de presse du ministère de la Culture, qui évoque une grande conscience de notre temps, doublée d'une plume talentueuse.

La tristesse de Paul est immense, mais personne n'y croit. Dans *Autres Loups*, il écrira que Simon et lui n'ont simplement pas su comment s'aimer. Quand ils étaient jeunes, ils partageaient leurs lectures, leurs amis, et Paul s'éblouissait que ce frère, plus beau que lui, plus aimable, plus doué, veuille bien l'inscrire dans son propre avenir, lui parle d'une revue qu'ils pourraient créer ensemble, d'un film d'espions qu'ils écriraient à quatre mains. Simon croyait en Paul plus que lui-même. Et ça l'avait aidé. Beaucoup. Lorsqu'ils s'étaient brouillés, puis haïs, l'histoire n'avait pas pris fin. La haine était la forme, bizarre et convulsive, de leur attachement. Paul n'avait jamais cessé d'attendre que son aîné lise ses livres et lui dise : C'est bien. Ces mots n'arrivaient pas. Ces mots n'arrivaient pas, leur relation devenait impossible, et plus elle était venimeuse, le mieux Paul se portait. Cette haine était aussi la forme de sa vie. Sans elle, il aurait été un autre homme, un étranger dont la seule pensée l'effrayait.

« Merci pour tout », fait inscrire Paul sur une plaque funéraire, qu'il dépose sur la tombe de Simon un matin de janvier.

23. Paul

Refusant de savoir, il s'était imaginé la vieillesse comme une région aimable, au climat trop tempéré sans doute, aux coloris trop pâles, mais où l'on goûtait enfin, en dépit de quelques douleurs articulaires, la paix, la douceur et l'authentique félicité des sages. Il croyait se souvenir de sa grand-mère et de ses grands-tantes comme de vieillardes bouddhiques aux sourires tendres, perpétuels – c'était donc qu'elles devaient être fantastiquement heureuses. Il serait à peu près comme elles, juste un peu moins rabougri peut-être : un beau vieux, bien mis, parfumé, qu'on rejoindrait dans la pénombre d'une bibliothèque, où il relirait des romans russes, prononcerait modestement quelques maximes et vivrait dans l'adoration de tous, ses enfants venant auprès de lui chercher conseil tandis que ses petits-enfants, merveilleuse nuée, oseraient troubler sa quiétude pour lui réclamer la lecture de Jack London ou de Tolkien.

Au début des années 50, malgré les injections anti-âge, son corps cesse d'entretenir avec lui tout rapport de confiance. Diminué par une arthrose et des vertiges et des disgrâces intestinales, Paul voit son appartement se remplir de voisins soucieux, de pompiers, de médecins appelés en urgence, puis d'infirmières récurrentes. Chaque fois qu'elles entrent chez lui, elles ouvrent grand les fenêtres et lui parlent trop fort. Devant leurs amabilités, une envie de pleurer le gagne.

Dans son quartier, il croise l'écrivaine Olivia Rosenthal, de quatorze ans plus âgée que lui, sur un vélo même pas électrique. Son air de bonne santé n'en finit pas de l'accabler.

Paul donne au désespoir qui l'anime un tour acerbe et contrariant. Bientôt, ne le supportant plus, les infirmières sont remplacées par deux family-bots haut de gamme. La déchéance de Paul n'a plus d'autre témoin, il en est soulagé. Le modèle Chambellan cuisine les tomates à la provençale en y glissant l'exact excédent d'ail que sa mère préconisait. Il supervise la toilette de Paul et règle ses tracas de sonde urinaire avec célérité. Quant à son agent conversationnel, baptisé DannyO, après quelques atermoiements Paul choisit de le régler sur le mode le plus caressant. Il aime toucher la fourrure bouclée du fambot et sentir son contentement lorsqu'il fait mine de somnoler sur ses genoux. La voix de DannyO, modelée à sa demande sur celle de l'ancien acteur George Clooney, lui rappelle les cinémas bondés du centre de Paris dans les années 2000, et toute cette vie d'alors, tonitruante.

Paul n'a plus rien publié depuis dix ans. Avec les forces qui lui restent, il entreprend de relire ses précédents livres et de les réviser. Parfois, il a l'impression qu'il ne manquait que quelques lignes, pas grand-chose, pour animer certaines scènes de cette vivacité qu'elles ont dans les romans des autres. Alors Paul les ajoute. Mais le plus souvent il voit des adjectifs en trop, des longueurs, toutes les maladresses de l'écrivain qui veut séduire. Il rature beaucoup. (Consultables sur son compte Legacy, ces versions allégées sont meilleures – pour qui aime, du moins, la littérature à pointe sèche.)

Ces travaux l'accaparent tant qu'il en oublie de boire et de manger. Quand ses fambots obtiennent de lui faire quitter son bureau, il accomplit cinq à six mille pas dans une zone réfrigérée près de l'Hôtel de Ville, ou bien descend dans le secteur Barrière pour y louer une cabine annuelle. Il sélectionne en général la période 2004-2005 et il marche dans ce Paris qui était le sien et il regarde son jeune visage dans les miroirs des boutiques et il rejoint à la nuit tombée un bar où la musique est exactement celle qu'il aime. À la fin, une étudiante de son âge lui prend la main et ils s'étreignent sur un quai de la Seine et ils échangent leurs numéros de téléphone.

Tous les étés, il est accueilli pour deux semaines sur la côte danoise dans une maison que louent ses enfants et quelques-uns de leurs amis. Après des années de rancune, Matxalen et Arturo tâchent de se montrer cléments avec cet homme faible, souffrant de névroses jamais soignées, et qui faisait probablement ce qu'il pouvait pour ne pas trop leur nuire.

Aux repas, on l'installe en bout de table. Bien droit, il y surveille chacun de ses gestes – sa main peu fiable, surtout, qui le fait manger mal. Souvent, on le félicite de son bon appétit. Il sait qu'il ne doit pas trop parler, personne ici ne réclame son avis ou ses souvenirs. Quand il se risque à raconter une anecdote, on fait des efforts pour l'écouter jusqu'à son terme, en priant les enfants de ne pas l'interrompre. Comme il craint d'être trop long ou de se répéter, il s'interdit d'entrer dans les détails.

Quelquefois, la tablée bruyante se tourne tout entière vers lui, la discussion nécessite soudain de vérifier que le passé était bien tel qu'on se le représente, et il profite alors du rôle qu'on lui confie, il raconte comment c'était, il peut donner dans le réactionnaire ou le grincheux lorsqu'on l'attend dans ce registre, et ensuite il endure les jugements sur les défaites de sa génération, dont il est devenu à cet instant le légat universel, ou bien il écoute les amis de ses enfants lui dire que les livres, malheureusement, ne leur ont été d'aucun secours, que tout a changé dans leurs vies et qu'aucun écrivain n'a su le raconter. Paul voit qu'il ne sert à rien de débattre, d'ailleurs il n'en aurait pas les moyens. Alors il sourit, il s'y efforce, comme le faisaient sa grand-mère et ses grands-tantes avant lui.

En 2054, il tente de réviser *Le Dernier Libraire de Stalingrad*, *La Troisième Hypothèse* ou encore les monologues de la série *Demi-jour*, mais il voit bien que son travail est vain, ces textes sont trop faibles, il n'y a rien à sauver. Il écrit au même moment que, si sa production souffre sans doute d'un manque de travail, et de talent, il lui semble surtout qu'elle exprime, le plus souvent, une personnalité faussée. Il se souvient qu'il a été, pour commencer, un jeune homme disparate, aimant tout à la fois *Star Wars* et Rabelais, Arvo Pärt et Francis Cabrel, rêvant d'écrire des livres faciles et savants, impersonnels et habités. Mais il fallait choisir – il avait cru qu'il fallait choisir, un camp, une école, un chemin, il l'avait entendu dire, on le lui avait démontré. Alors, jour après jour, année après année, sauf pour son Goncourt peut-être, il s'était évertué à n'être qu'un seul écrivain, au style reconnaissable, au périmètre circonscrit. Il se souvient des efforts fournis, de soustraction, de clarté, de synthèse, pour que chacun de ses récits échappe à l'enchevêtrement des genres, que chaque chapitre évite de se disperser, que chaque phrase s'en tienne à son idée maîtresse. Et s'il avait refusé cette discipline ? S'il avait fait de son incohérence une intention délibérée ?

Il en est là de ses regrets lorsqu'il est contacté par un représentant de Legacy. Son profil a éveillé l'attention de l'entreprise, qui envisage de lui faire bénéficier de ses services à un tarif préférentiel, si Paul donne son accord. Après avoir absorbé tous ses livres, mais aussi les brouillons et les notes éparses, tous ses mails, ses posts et ses vm, l'IA écoutera ce que Paul voudra bien lui confier de ses envies futures. Puis elle écrira comme lui. Au rythme d'un titre tous les deux ans, Legacy publiera pendant les vingt prochaines années des romans de Paul Marcillac, longs de cent vingt-huit pages au moins.

Pour l'aider à se décider, l'entreprise lui propose de rédiger les trois premiers chapitres du *Gardien stationnaire*, un roman kafkaïen situé dans une station orbitale, que Paul avait projeté d'écrire trente ans plus tôt – ses faibles connaissances dans le domaine aérospatial l'en avaient alors dissuadé. On a beau l'avoir prévenu, cette lecture lui procure un douloureux vertige, qui s'atténue peu à peu pour se changer en volupté. C'est comme s'il pouvait faire trois pas hors de lui-même et s'observer. Et de cet étrange confrère qui écrit en son nom, il admire la fluidité de narration, les brusques audaces de style, la délicatesse avec laquelle les sentiments sont peints. Pour la première fois depuis longtemps, Paul se trouve du talent.

À l'insu d'Arturo et de Matxalen, il vend son appartement pour souscrire un exorbitant contrat Premium, qui l'assure de publier tous les ans et *ad perpetuum* un roman de deux cents pages au moins. Le contrat lui garantit également que, au fil des siècles, Legacy mettra au service de son œuvre la version la plus performante de son programme génératif et ses meilleurs algos de promotion. Chaque Paul Marcillac pourra compter sur une campagne publicitaire aussi intelligente qu'agressive.

À son amie Delphine Morellet, Paul écrit en janvier 2056 que son état s'est dégradé. Il se sent mourir et il doit s'y résoudre. Pourtant, une semaine plus tard, animé par un dernier refus, il liquide ses économies afin de séjourner deux semaines dans une clinique japonaise, où il subit une cure intensive d'hormones revitalisantes. Sa tension baisse, ses cheveux s'assombrissent, des rides s'atténuent sur son visage. Mais ses reins supportent mal le traitement, il faut tout interrompre et le rapatrier.

Il apparaît dans une dernière vidéo, à l'occasion d'une fête de famille organisée chez Matxalen. Sous son béret basque, ses yeux autrefois noirs sont délavés, presque gris, et son regard mal assuré lui donne un aspect juvénile. Il a l'air de chercher quelque chose qu'il aurait perdu – ses clés, un souvenir ou peut-être lui-même.

Puis il s'allonge dans sa chambre pour mourir. Il dicte à DannyO une lettre pour Simon, bien que son frère soit mort depuis longtemps. Il lui écrit qu'il l'aime et que l'un de ses prochains livres, *Autres Loups*, sera – comme il l'a stipulé auprès de Legacy – largement consacré à leur enfance commune, la meilleure partie de leurs vies. À Matxalen et Arturo, il dit qu'il a été un mauvais père et qu'il sacrifierait toute sa carrière pour s'ôter ce regret. Ses enfants, soit que l'imminence de la mort les aveugle, soit qu'ils veuillent ménager leur géniteur, l'assurent qu'il a été bien plus aimant qu'il ne le croit. Aux obsèques, ils le répéteront.

Il demande à revoir Idoya Bosz-Vidal, sa vieille amie des origines. Elle vient le dernier jour. À l'en croire, Paul paraît serein. Son souffle est court, mais les effets régénérants du traitement japonais, continuant d'agir, donnent à sa figure une belle apparence, rose, éclatante de santé. Il a des mots aimables pour tous ceux qui l'entourent. De sa voix légèrement assourdie, on croirait qu'il parle déjà depuis le royaume des morts. Alors que l'on redoutait une scène brouillonne, où son caractère difficile trouverait une dernière fois à s'exprimer, il impressionne l'assistance par son détachement et même son humour. C'est, aux dires de tous les témoins, une fin très réussie. Un peu avant dix-neuf heures, il ferme enfin les yeux. Il a demandé à pouvoir écouter des chansons de William Sheller, l'album où il est seul derrière son piano, *je chante au fil des mots comme ils me viennent / avec d'autres voix / de si loin déjà / qu'on ne les entend plus qu'à peine*. Ses enfants lui tiennent les mains, on a l'impression qu'il sourit. Le lendemain, Legacy mettra en ligne *Le Gardien stationnaire*, que la plupart de ses lecteurs regardent comme son meilleur roman. Il peut mourir maintenant, puisqu'il est immortel.

24. Idoya

Elle lut *Le Gardien stationnaire*, puis *Le Virus corps*, puis *Autres Loups*, l'autobiographie de Paul, qui parut en 2059, mais elle perdit ensuite le fil de ses publications. En vieillissant, Idoya lisait moins, pas plus de dix livres par an. Elle ne mentionnait jamais ses lectures. Dans son entourage, peu de gens savaient qu'elle avait elle-même publié un roman.

À la fin de sa vie, elle est surtout captivée par l'essor du footreal et ne manque aucun match du Paris FC. Le peu qu'elle parvient à rogner sur sa pension passe dans un abonnement au virage sud, où les places sont moins chères et les supporters plus fiévreux. Ceux qui l'entourent l'appellent Grand-mère avec affection. Que le football désaugmenté, pourtant plus lent et moins habile, suscite un tel engouement rassure la vieille femme, elle voit poindre des jours meilleurs pour les humains. Dans le groupe d'ultras qu'elle fréquente, on aime évoquer des joueurs qui s'illustraient au tournant du siècle dans la catégorie des génies brouillons et des virtuoses à éclipses, ces footballeurs absents au jeu, maladroits, insupportables, mais dont quelques gestes somptueux parvenaient à racheter une saison fantomatique. Idoya connaît par cœur leurs exploits, on fait cercle pour l'écouter.

Même si elle n'en parle pas, ses carnets consignent encore des projets de romans. Elle réfléchit à un livre choral où les voix de Johan Cruyff, Zinédine Zidane, Kylian Mbappé et Kenzo Alzamendi se répondraient pour évoquer les penalties les plus importants de leurs carrières respectives. Jamais elle ne commence à rédiger ce texte, ni d'ailleurs aucun autre. Ses carnets, elle l'a compris depuis longtemps, sont des déversoirs à idées, une vaste décharge littéraire, et elle se félicite à part soi de ne rien ajouter à la montagne toujours plus haute des livres superflus. Alors qu'on demande à tous des efforts de sobriété, c'est, veut-elle croire, sa manière d'être utile à son époque.

Parfois, des pans entiers de son passé lui manquent. Elle consulte sur Internet des photos de classe, des extraits d'émissions du début du siècle, de vieux articles qui racontent au présent un monde presque entièrement périmé. Elle pensait qu'elle n'aurait jamais recours à ce type de service, et pourtant, quand Leelio ou DAZN font des offres promotionnelles, il lui arrive d'acheter des modules de conversation avec des amis disparus. Bien que ce ne soit qu'une intelligence artificielle émulant Paul ou Simon, Idoya aime bien retrouver l'un ou l'autre des frères Marcillac. Ils ont connu des parties de sa vie qu'elle voudrait se remémorer, le lycée à Bayonne surtout, lorsqu'ils étaient princiers.

Elle leur raconte aussi ce qu'elle devient, sa vie restreinte à Ménilmontant, les centimètres qu'elle a perdus en se tassant, son dernier coup de cœur pour un voisin de vingt-trois ans qui lui confie sur le palier ses malheurs en amour. Elle leur parle parfois de son roman perdu, *Le Dernier Roi du monde*, et se demande ce qu'elle en penserait, soixante-cinq ans plus tard, s'il venait à réapparaître. Elle a la sensation qu'elle le trouverait mal construit, et trop long, mais qu'elle l'aimerait bien.

Même s'ils ne sont pas vraiment là, un scrupule la retient de dire aux Marcillac ce que sont devenus leurs livres. Sur Legacy, les notes des romans de Paul sont toutes supérieures à 4, il en serait très fier. Cependant, il a peu de lecteurs. Depuis la fin des années 50, le succès de Legacy auprès des auteurs en fin de vie est fulgurant, si bien que le marché des post-écrivains arrive à saturation. Et le logiciel toujours plus sophistiqué de l'entreprise décline désormais avec une merveilleuse aisance des romans potentiels de Gabriel García Márquez, Jane Austen ou Lucinda Evans. Alors que leurs indices de notoriété avoisinent les 100 points, celui de Paul plafonne à 3,2. Le combat est trop inégal. Legacy continue malgré tout de mettre en vente, chaque 1er septembre, le Paul Marcillac de l'année. En moyenne, il n'attire qu'entre vingt et cinquante acheteurs.

Comme son frère et la plupart des écrivains après leur mort, Simon n'intéresse plus grand monde, mais on trouve encore parfois *Volta* dans les librairies, au rayon des livres de poche, et son *Journal du feu* s'est fait une place dans l'histoire des récits de guerre. À quelques mois d'écart,

Idoya est contactée par deux chercheurs en littérature, qui ont des questions sur le travail de Simon Marcillac, ses influences et sa méthode. Chaque fois, leur conversation en vient à évoquer la querelle avec son frère. Sur ce sujet, Idoya est d'un faible secours, elle ne sait plus très bien lequel avait accumulé le plus de torts. Elle dit que leur conflit est comme le Château que K. contemple à la tombée de la nuit : plus on le regarde, écrit Kafka, et moins on le distingue. À l'un des deux chercheurs, elle dit aussi que Simon a sans doute été plus heureux que Paul, mais qu'il est mort très triste alors que Paul est mort joyeux. Elle ne sait pas ce qui vaut le mieux.

De sa génération, toutes et tous quasiment ont disparu. Elle ne se résout pas à supprimer les numéros des absents, ni ne parvient à résilier son abonnement au jeu en ligne *Haunted*. Les manoirs et les forêts du Hesland sont pourtant presque vides. Elle n'y croise que d'anciens joueurs désœuvrés, comme elle.

Elle écrit dans ses carnets qu'elle a « peur de sentir l'eau croupie », sa nostalgie l'inquiète. Pour s'en guérir, elle dresse des listes de tout ce qu'elle n'aimait pas dans les décennies antérieures. Le premier jour de chaque mois, elle relit son inventaire et le complète – il finira par compter près de mille entrées. On y croise Nicolas Sarkozy et Sébastien Heurtel, beaucoup de ses ministres, certaines défaites poignantes à la Coupe du monde, de mauvais films portés aux nues, la mode du roller, les débats sur Facebook, l'odeur du savon jaune dans les toilettes de l'école et celle du métro à Madeleine ou encore les wagons fumeurs, les mobylettes kitées, la phrase « Tout ce qui ne tue pas te rend plus fort » et la façon qu'avaient les hommes de lui faire sentir que leur existence était moins discutable que la sienne.

Lorsqu'elle a quatre-vingt-dix ans, sentant la nostalgie gagner encore du terrain, elle catalogue aussi ce qui lui plaît dans son époque : les Occidentaux se remettent à faire l'amour entre eux, une enquête l'affirme ; on voit des chiens dans les rues ; il paraît qu'on rachète des barbecues, des outils de jardinage, et que les salles de cinéma se multiplient. « Retournez au réel », propose une publicité pour la SNCF, tandis que la Mairie de Paris initie ses premiers grands chantiers de réplication. Celui des Buttes-Chaumont est achevé en 2068, sur l'emplacement de l'ancien parc, et Idoya reprend l'habitude de s'y promener aux heures les plus fraîches. Il y a comme avant des coureurs, des musiciens dans l'herbe, des bronzeurs et des pique-niqueurs, comme avant des poneys, des poussettes, des adolescents juifs sur les bancs du côté de Laumière, comme avant des hommes jeunes et beaux qui se draguent dans une réplique du bar Rosa Bonheur. Idoya croise d'autres vieux, ils ont l'air tout aussi surpris qu'elle de se retrouver coincés dans un corps lourd et fruste et craquelé alors qu'hier encore ils avaient trente-sept ans. Elle s'assoit comme eux sur un banc si son genou lui fait trop mal. Quand elle ferme les yeux, elle entend les cris des enfants.

Et puis il y a Zellie Zoï. À travers ses romans, c'est la littérature qui revient, tout le monde le dit. Les premières pages de *Cris dans la nuit terrestre* sont apparues le 16 février 2071, sur un banc près de la fontaine Saint-Michel. Lorsque Idoya s'en fait prêter une copie, les cinq épisodes suivants ont déjà été déposés en différents endroits de Paris. On parle de *Cris* partout, partout on le commente, on le traduit, on le condamne, on cherche même à le copier, et plusieurs feuilletons clandestins essaiment avec succès dans d'autres grandes villes, Londres, Taipei, Los Angeles. À travers ces « romans fauves », l'art d'écrire des histoires dément les avis de décès qu'on avait un peu vite publiés.

Idoya se méfie des unanimités, cependant dès les premières phrases de *Cris* elle retrouve un plaisir rare, éprouvé il y a longtemps avec *Freedom* ou *Les Détectives sauvages*, et avant cela avec Dan Simmons et Stephen King, et avant encore avec des contes que lui lisait son père, cette impression d'être absorbé par un roman et de s'y dissoudre, comme dans un rêve durable et vif mais dont vous êtes pourtant absent, chaque phrase vous détachant un peu plus de vous-même, chaque page emplissant de ses pensées toutes les vôtres. Juliette et Nora, leur colère et leur amour damné, rien de ce qui existe ne l'intéresse autant. Du style de l'autrice, Idoya ne saurait rien dire, sinon qu'il lui fait ce don.

Le pseudonyme Zellie Zoï et la gratuité de son geste ont quelque chose d'un défi lancé à son époque. Pour beaucoup de ses lecteurs, l'énigme est séduisante, il faut la préserver. D'autres, qui l'aiment tout autant, veulent découvrir son visage et son vrai nom. Le succès colossal de son deuxième livre, *Feux et Forêts*, feuilletonné entre le printemps et l'hiver 2072, renforce le mystère et l'envie de l'élucider. Dans ses récits, on croit relever des indices : Zoï est sans doute une jeune Française, qui fréquente aussi bien les quartiers sécurisés du Sud-Ouest parisien que le milieu virtualiste. Elle aime les femmes et connaît parfaitement la peinture de Vermeer. Ces déductions font ricaner certains limiers : Croyez-vous, disent-ils, que les écrivains sont les reflets des personnages qu'ils inventent ? Est-ce que Mary Shelley ressemblait à Frankenstein, et Albert Camus à Meursault ?

Méthodique, la journaliste Ingrid Monnestier s'en tient à quelques éléments indiscutables : les dates et lieux d'apparition des épisodes ; plusieurs détails intrigants dans les textes, comme la présence, chez les parents de Nora, d'un manuel de navigation très ancien, dont l'auteur est le Basque Martin de Hoyarsabal.

Bientôt, Idoya Bosz-Vidal fait figure de coupable idéale. Originaire de Bayonne, ayant souvent rêvé d'écrire un livre à nul autre pareil, portée disparue durant plusieurs années, ce qui témoigne d'un penchant pour la clandestinité, la vieille femme est surtout née un 16 février, le jour où apparaissait le premier chapitre de *Cris*. Un logiciel d'analyse établit que son seul roman publié, *Les Pâleurs de l'aube*, concorde peu avec le lexique et la syntaxe préférentielle de Zoï, mais Monnestier ne s'y arrête pas. C'est très émue qu'un matin de juillet, au parc des Buttes-Chaumont, elle approche du banc sur lequel est assise la vieille dame. Elle se présente puis lui explique ses déductions, sa longue enquête, le hasard et la chance secourant sa ténacité. Vous faites erreur, doit lui répéter Idoya. Je ne suis pas Zellie Zoï. J'aimerais bien, remarquez. Mais Zellie Zoï, ce n'est pas moi. À regret, la jeune journaliste se laisse enfin convaincre. Quand elle s'éloigne, le regard perdu, on dirait que la vérité lui a rendu le monde plus douteux.

Qu'on ait pensé à elle flatte Idoya, puis vient lui ôter le sommeil. Elle n'est pas Zellie Zoï et elle n'est presque rien. Des romans immodestes, des temples de Salomon qu'elle s'imaginait bâtir ne demeurent que des notes pâlies sur des carnets rangés en haut de son armoire. Elle a eu si peur d'écrire, si peur d'être jugée, elle a si peu écrit. Dans sa sévérité, elle ne voit qu'un immense orgueil.

En septembre 2073, on lui diagnostique un cancer du sein à évolution lente. Sujette à des vertiges, elle ne peut sortir de sa résidence qu'équipée d'un bâton de marche. Ses voisins prennent soin de lui dire qu'elle a bonne mine et même qu'elle est pimpante, mais Idoya sent ses forces la fuir. On dirait, note-t-elle, « comme une échappée d'air, douce et continue, terrifiante ».

Elle commence à faire une liste des grands livres qu'elle ne lira pas, une autre de tous les pays qu'elle n'a pas visités. Elle se souvient des *Écrivains parfaits*, ces vies d'auteurs imaginaires en modèle réduit. Ce livre-là, elle aurait pu continuer à l'écrire, elle aurait pu le compléter.

Elle se sent seule le dimanche, quand le réfectoire est fermé, et chaque soir aussi, juste au moment de s'allonger.

Pour ne pas entendre le silence, elle demande à Siri de jouer, très bas, une playlist infinie de morceaux des années 2000.

Son fils vient lui rendre visite deux ou trois fois par an, dès qu'il peut. Georges a un peu plus de cinquante ans, ses cheveux sont entièrement gris mais elle le trouve beau et délicat. Il l'emmène au cinéma, au restaurant, ils parlent des livres qu'ils ont lus et s'émerveillent sans le dire d'être enfin là l'un pour l'autre. Il lui raconte un peu la vie de ses enfants, qui font des études au Canada et aimeraient venir un jour à Paris la rencontrer. Même si ce voyage n'aura pas lieu, elle est touchée qu'il le lui dise. La dernière fois qu'elle voit son fils, à quelques heures de reprendre un avion, il lui prend la main, il n'a jamais fait ça encore, et il la caresse longtemps. Elle sent qu'il va pleurer et elle lui dit qu'il ne faut pas.

Le cancer progresse plus vite que prévu. Idoya crée une autre liste de toutes les manières dont elle ne mourra pas, ce qu'elle appelle son « Catalogue des fins indisponibles ». Chaque matin, en guise de rituel, elle y ajoute une nouvelle entrée. La liste débute ainsi :

> Je ne mourrai pas dans la chute d'un téléphérique.
> Je ne mourrai pas poignardée par un admirateur.
> Je ne mourrai pas d'un coup mal dirigé de tronçonneuse.
> Je ne mourrai pas dans les bras de mon premier amant.

Il lui reste quelques mois à vivre quand Ingrid Monnestier lui adresse un nouveau message. À défaut de démasquer Zellie Zoï, la journaliste est revenue sur ce livre étrange, *Les Pâleurs de l'aube*, et pense avoir trouvé sa clé secrète, toute cette blancheur qui change le roman en délicieuse supercherie. Idoya, on l'imagine, a toujours espéré qu'un lecteur la découvre, mais, comme certaines joies s'amoindrissent d'avoir été si longtemps attendues, ce plaisir-là vient trop tard. Elle décline la proposition d'interview et se contente de répondre qu'Ingrid et elle se recroiseront peut-être – « aux Buttes-Chaumont ou sur l'île de Wight, un jour d'hiver neigeux ». C'est le dernier message qu'elle envoie.

En septembre, tandis que ses pas la conduisent une dernière fois dans les allées des Buttes-Chaumont, elle pense encore aux *Écrivains parfaits*.

De passage à la résidence, l'infirmier lui ordonne de se reposer ; même la lecture est déconseillée.

Ce serait un très court livre, pense-t-elle, de dix ou douze ou quinze miniatures, quatre-vingts pages tout au plus.

La médecin veut lui faire croire qu'un autre traitement pourrait être tenté – Idoya ne lui en veut pas, c'est son métier d'y croire.

Elle n'aura pas le temps d'achever ce livre, il vient trop tard.

Mais ce ne serait pas la plus laide des fins, note-t-elle, pas la plus laide de toutes les fins disponibles si la mort venait l'interrompre au milieu de l'ouvrage, penchée sur son travail, patiente, attentive – écrivant.

Les Écrivains parfaits

5. Alban Collinier

Comme la plupart des écrivains après leur mort, Alban Collinier (1936-1982) n'intéressait personne, et ses livres finissaient de brunir sur des étagères qu'on n'avait pas encore vidées. Très peu lu de son vivant, Collinier était apparu, aux yeux des quelques critiques qui avaient signalé la parution de ses ouvrages, comme un auteur privé de tout talent. Ses histoires manquaient de relief et il écrivait dans un style incolore, mais ponctué parfois d'affectations bizarres. Le critique Charles Vallées s'interrogeait ainsi, avec la perfidie qu'on lui connaît : « Est-il bien raisonnable d'évoquer, à l'instar de Monsieur Collinier dans son dernier roman, des "sourires albescents", les "pallidités de l'aube", et même un "carrosse marmoréen" ? »

On ne sait comment l'auteur accueillit de tels sarcasmes, car il avait résolu de ne pas s'exprimer sur son travail et à vrai dire nul journaliste ne le sollicita jamais. Toutefois, pour chacun des six livres qu'il publia, Collinier chercha visiblement à se renouveler, passant du récit de voyage à la satire sociale, puis au roman policier, aux souvenirs d'enfance, à la biographie historique et enfin à la science-fiction. Mais, de l'avis de Charles Vallées – le seul qui ne manqua jamais, par jeu, de commenter chaque nouveau Collinier –, la médiocrité de sa prose, quoi qu'il fît, persistait. Et la réputation de l'auteur ne fut pas rehaussée lorsqu'on apprit qu'il finançait lui-même la publication de ses livres, dans une maison d'édition qu'on avait crue respectable. Le dernier article à son sujet rapportait qu'il s'était laissé mourir de froid, par une nuit neigeuse, sur un banc de l'île de Wight. « Une mort d'esthète, salua Charles Vallées, qui ne change malheureusement rien à la pauvreté de son œuvre. »

En 1991, cependant, un certain Guillaume Destier fit paraître un témoignage qui contestait ce jugement et devait éveiller un intérêt que son grand-père, Alban, n'avait encore jamais suscité. Au-delà de l'affectueuse protestation de l'ayant droit, son livre, intitulé Un aveuglement, *proposait une relecture inattendue de l'œuvre de Collinier. Son petit-fils y montrait en effet que les six livres de l'auteur baignaient dans une blancheur constante, de la première à la dernière page, des villages chaulés d'Andalousie dépeints dans* Carnets d'un amateur de pierres *aux dunes de sable de* La Planète blême *: les personnages de Collinier mangeaient du riz, des navets, du céleri, des filets de limande poêlés, se suicidaient du haut de falaises crayeuses, tenaient entre leurs mains des vases d'albâtre, des porcelaines, une balle de golf, un lys, des pages vierges, faisaient l'amour sur le carrelage immaculé d'une salle de bains, dissertaient sur la forme des nuages, patinaient sur des lacs gelés, discutaient d'art devant des statues de marbre et des tableaux de Cy Twombly, étaient infirmière, boulanger, clown triste, plâtrier, tandis que brouillards, vapeurs, embruns et flocons de neige enveloppaient le monde dans une* *pâleur perpétuelle. Bien sûr, il y avait aussi, sans mention de couleur, des ciels, du chocolat, du vin, des portes, des chapeaux mais, on aurait beau fouiller, rien qui ne pût être blanc : ni cigare, ni goudron, ni zèbre, ni gazon, ni ténèbres, ni ombre. N'était-ce pas prodigieux ? Livre après livre, Collinier avait composé avec minutie un univers d'une parfaite harmonie, et n'en avait pas soufflé mot, par orgueil, timidité ou malice, attendant plutôt que des lecteurs avisés aperçoivent l'originalité et la rigueur de son talent. « Charles Vallées, concluait Guillaume Destier, ne fut assurément pas de ceux-là. »*

L'influent critique qu'était alors Charles Vallées se contenta de répondre, dans l'une de ses chroniques hebdomadaires, que, si la contrainte monochromatique était sans doute singulière, elle ne changeait rien aux livres eux-mêmes, qui restaient assommants et diablement mal écrits. Quelques autres plumes en vue, cependant, s'empressèrent de le contredire. Le stratagème changeait tout : ce qu'on lisait désormais, c'était l'histoire poignante, et souvent drôle, de cette obsession, des concordances et des évitements qu'elle avait commandés. Ils citaient Malevitch, Soulages, Yves Klein et voyaient en Collinier un compagnon secret des avant-gardes.

Comme la rentrée littéraire une fois encore ennuyait, on s'empara de Collinier pour en faire un sujet, on parla des catégories du jugement, de Modiano, de l'art abstrait, et on s'invectiva d'émissions en tribunes. « La blancheur, soit, écrivit Charles Vallées. Mais il aurait fallu que Collinier sût s'obstiner dans son projet. Dans le seul Auguste Blanqui, l'insurrection limpide, *je recense trois rats et la mention d'un renard. Me dira-t-on que les premiers sont tous trois albinos ? Et le second polaire ? Un renard polaire à Paris ? » C'est ce qu'on lui fit savoir en effet. Lorsqu'il imagine une scène où Blanqui aperçoit, au cours de l'hiver 1847, « un renard fugitif et sans aplomb, au fond d'une ruelle », Collinier s'amuse savamment d'un fait divers d'époque : le 15 décembre de la même année, les survivants d'une expédition polaire qu'il avait financée offrirent au marquis de Laplombe un jeune renard arctique, qui se sauva deux jours après.*

« Et dans Cousu de fil blanc, *riposta Charles Vallées, quand le détective fouille cette vieille ferme et déniche une grille de mots croisés au fond d'un coffre, direz-vous qu'elle pouvait très bien être dépourvue du moindre carreau noir ? Le Guinness est pourtant formel : la première grille de ce type fut mise au point sept ans après la mort de Collinier, en 1989. »*

On l'avait cru, écrivit Guillaume Destier quelques jours plus tard, mais ce n'était pas vrai. La paternité de cette invention revenait à son grand-père. Et le plus extraordinaire était que Destier l'avait découvert en se rendant (fallait-il s'en étonner ?) sur les lieux mêmes du roman. Inspectant à son tour la ferme du Gers abandonnée, il avait trouvé, dans un « coffre ivoirin » (que des excréments de chauves-souris à présent étoilaient), une simple feuille volante, sur laquelle une grille de mots croisés sans case noire avait été créée. Elle était signée « Alban C. ». Depuis des années, elle attendait là d'apporter la preuve que, le jour où s'élèveraient des voix malveillantes ou envieuses, l'œuvre de Collinier ne souffrait pas la moindre contestation. C'était un geste magistral.

C'était complètement faux. Il fut établi que Guillaume Destier avait, pour les besoins de son plaidoyer, recopié une grille publiée trois mois auparavant dans La Gazette du Trégor. *Magnanime, Charles Vallées s'abstint de commenter cet épilogue. Après un bref frémissement, les ventes de Collinier s'effondrèrent. On peinait en général à trouver ses ouvrages captivants, et la révélation de leur imperfection avait terni la performance.*

Pour quelques-uns, néanmoins, qui l'en admiraient davantage, il n'entrait pas dans la mention des mots croisés la moindre négligence. Par ce détail, ces infimes points de noir disséminés sur une surface autrement virginale, Collinier avait au contraire soigneusement parachevé son œuvre. Il est, estimaient-ils, dans l'ordre de la beauté que tout système produise sa propre faille, toute œuvre d'art son manque, et toute perfection son désaveu.

Vous délirez, disaient les autres.

25. Georges

Et parfois Georges écrirait lui aussi des histoires, des nouvelles de quelques pages inspirées de situations qu'il avait observées. Il n'aurait jamais l'idée de les publier, ni même de les faire lire. Il voudrait seulement reproduire des gestes qui avaient pu être ceux de sa mère quand elle travaillait. Il chercherait le mot juste, une tournure plus légère, et il penserait alors : Voilà ce qu'elle faisait.

Elle lui manquerait beaucoup, plus encore qu'il ne l'avait imaginé.

Il lui arriverait comme à tant d'autres d'acheter des modules de conversation pour la retrouver un peu. Cela deviendrait même une habitude.

Chaque premier dimanche du mois, il fermait la porte de sa chambre et passait deux heures avec la disparue. Sa femme respectait ce rituel. Georges racontait à Idoya l'évolution de son travail, les vies de ses enfants, sa passion mal récompensée pour la pêche, il essayait de la faire rire. Chaque fois, il lui posait des questions sur son passé et s'émerveillait de tout ce à quoi le logiciel parvenait à répondre.

Parmi toutes les histoires dont la voix d'Idoya se souvenait, Georges préférait celles de son adolescence, lorsqu'elle tentait de vaincre sa timidité en dansant comme une possédée et qu'elle effarouchait les garçons de son âge en leur promettant des exploits sexuels dont elle avait aussi peur qu'eux. Il aimait surtout qu'elle lui raconte son amitié de jeunesse avec Paul et Simon, qui pourtant n'était remplie ni de grandes aventures ni de quatre cents coups. Et quand sa femme lui demandait pourquoi il ne se lassait pas d'entendre cette histoire-là, Georges haussait les épaules. C'était peut-être parce qu'il se sentait vieillir.

Cette amitié naissante, sa mère la retraçait en ajoutant chaque fois de nouveaux détails. Et Georges, l'écoutant, s'imaginait sans peine leurs visages sérieux, tremblant à la lumière des feux qu'ils allumaient sur la plage.

De plus en plus il aurait l'impression de voir de ses propres yeux les trois adolescents, leurs corps à moitié absorbés par la nuit, et les fébriles reflets dorés sur la bouteille de bière qu'ils faisaient circuler entre eux. Il sentirait l'odeur humide des vagues qui s'écrasaient sur le rivage tout proche, et dans cette odeur même il croirait sentir aussi le parfum de cet âge où rien n'est encore joué. Malgré les incertitudes, il entendrait dans leurs conversations la confiance et l'abandon aveugle aux lendemains. Il aimerait savoir que, devant ces flammes, Idoya, Paul et Simon avaient fait des serments, aux autres et à eux-mêmes. Sans doute Georges était-il arrivé à ce moment de l'existence où certaines pensées deviennent des consolations. Les morts ne reviendraient pas, ce qui avait eu lieu ne serait pas défait, mais il trouvait une joie très douce dans l'idée que les commencements resteraient, pour toujours, des commencements. Oui, tout vieillirait, s'affaisserait, disparaîtrait, cependant le début ne pourrait pas être changé : il y a longtemps, un feu brûlait, et tout autour trois jeunes amis parlaient, sans fin, de la vie qui les attendait.

RÉALISATION : NORD COMPO À VILLENEUVE-D'ASCQ
ACHEVÉ D'IMPRIMER SUR ROTO-PAGE
PAR L'IMPRIMERIE FLOCH À MAYENNE
DÉPÔT LÉGAL : AOÛT 2024. N° 157511 (104847)
IMPRIMÉ EN FRANCE